JN024596

伝言

中脇初枝

講談社

目次

装画　五十嵐大介
装幀　名久井直子
地図　国際日本文化研究センター所蔵

伝言

第一章

将校さんがおっしゃった。

「これから行う作業は軍事機密である。決してだれにも言ってはいけない」

背の低いわたくしは一番前に立っていた。まるで将校さんは、わたくしひとりにおっしゃったみたいだった。

「ここであったことは、親にも兄弟にも言ってはいけない」

むやみに広い、れんが造りの第四連隊の工場に、将校さんのお声だけがかんかんと響く。

「絶対にだ。たとえ寝言でも言ってはいけない」

わたくしたちはしわぶきひとつ立てず、みじろぎもせず、将校さんのお言葉を聞いた。

「作業の実際は、この後、女子挺身隊《ていしんたい》の隊員たちが説明する。時局は諸君の力を必要としている。この聖戦を勝ち抜けるかどうかは、諸君一人一人の力如何《いかん》にかかっている。サイパンの玉砕を思い、死力を尽くして励むように。以上である」

わたくしたちは一斉に、深く頭を下げた。

次に頭を上げたときには、将校さんはもういなくなっていた。

鉄でできた機械が、工場の端から端まで、ずらりと並んでいた。

「これから、みなさんには、この乾燥機を使って、作業をしていただきます」

内地から来られたらしい。関西訛《なま》りのある女子挺身隊のお姉さまがおっしゃった。


乾燥機と呼ばれた機械は、鉄板を四面組んだものだった。コイルが通り、どうやら電気で熱せられているらしい鉄板は、縦三尺、横六尺の畳ほどもあって、黒光りしている。

お姉さまは二人一組で一台の乾燥機の前に立ち、見事な手捌《てさば》きで、これからの作業のお手本を見せてくださった。


「新京《しんきょう》でも名門の敷島《しきしま》高女のみなさんなら、簡単でしょう」

お姉さまの世辞に、ふっと緊張がゆるんだのは一瞬だった。


「どうぞ、始めてください」

お姉さまの指示に、わたくしたちは一斉に動いた。


わたくしと組になったのは、中野《なかの》さん。

去年までいた寄宿舎でも、一緒の部屋だった。


「わたくしたち、縁があるわね」

「がんばりましょうね」

あいさつもそこそこに、わたくしと中野さんは、鉄板の前に並んで立った。挺身隊のお姉さまのご指示通り、鉄板の表面に薄いのりを刷毛《はけ》で塗る。

「急いで。ぐずぐずしていたら、こんにゃくのりが乾いてしまいますよ」

挺身隊のお姉さまのお声が後ろから聞こえる。わたくしたちにむけておっしゃったわけではないとわかっていたが、わたくしと中野さんは刷毛を動かす手を速めた。

「紙はぴんと張って。たわまないように」

わたくしが紙の片方の二つの角《かど》を持つと、中野さんも反対の角を持って、紙を持ちあげた。破れないようにそっと。

わたくしは左手を上、右手を下にして紙を鉄板の前に運ぶ。中野さんは右手が上で左手が下。お互いにひっぱりあいながら、上からそろそろと鉄板に貼っていく。背格好が似ているので、ちょうどいい。

鉄板いっぱいに紙が貼りつくと、間髪を入れずに乾いた刷毛で空気を抜いていく。紙の真ん中から、端へむかって、さっさっと刷毛を動かす。

わたくしは左の端、中野さんは右の端まで刷毛で掃いたら、中野さんが乾燥機の横の把手《とって》をぐるりと回した。

紙を貼った鉄板がむこうへ行き、なにも貼られていない鉄板が現れる。

わたくしと中野さんは鉄板の前で目を見合わせた。

まずは一枚、わたくしたちはうまくやれたらしい。

中野さんの額には汗の滴が光っていた。その上の鉢巻には、撃ちてし止まむの文字。二つに分けて編んだおさげ髪。半袖の白い体操服に、吊《つ》りズボン。裾は作業の邪魔にならないよう、ゲートルを巻いている。

それも、兵隊さんのようにぴっちり隙間なく巻きつけるのではなく、紐を足首で二周りした後、前でばってんばってんに交差させ、膝のところで括って、せめてものおしゃれをしている。

わたくしたちは鏡を見る必要がなかった。目の前の中野さんも、わたくしも、金太郎飴《あめ》のように同じ姿をしていた。誇らしげに胸を張ってわらいあう、その顔までそっくりだった。

工場で働く同級生たちも、みんな。

新京敷島高等女学校は、大正時代にできた、新京で一番古い学校だった。

制服は、白いカラー、ローウエストのワンピース。スカートはひだになっていて、とてもすてきだった。帽子は紺のボンネット。フェルトでできていて、紺のリボンがついていた。

校舎はモダンな三階建のれんが造り。上品な女生徒ばかりと評判で、新京中の女の子の憧れだったが、わたくしはそのころ、興安大路《こうあんたいろ》に住んでいたので、となりの錦《にしき》ケ丘《おか》高女に進学する予定だった。

ところが、折よくと言っては子煩悩な父にわるいが、父が鉄嶺《てつれい》に転勤となった。進学するためにひとり新京に残されることになったわたくしは、寄宿舎に入らないといけなくなった。寄宿舎はほかの女学校にはなかったので、わたくしは運よく、憧れの敷島高女に入ることができた。

それなのに、いざ入ってみたら、わたくしたちの代から制服が変わって、錦ヶ丘高女と同じ、普通のセーラー服になってしまった。リボンの色がちがうだけ。錦ヶ丘高女はえんじの、敷島高女は黒のリボン。

非常時の物資節倹という言葉を恨みがましくのみこみ、不承不承受け入れていた、あのころがなつかしい。一年後にはそのセーラー服が、へちま襟の、ぺらぺらのスフの制服になり、間もなく農耕作業や校内作業が始まるようになると、その制服すら着ることがなくなった。

今のわたくしの体操服と吊りズボンの姿は、時局にふさわしく、機能的で、勇ましかった。二年前、制服が変わったことくらいでがっかりしていたわたくしは、なんて幼稚だったんだろう。

四面目の鉄板に紙を貼って、ぐるりと回すと、最初に紙を貼った鉄板が現れる。ぺったりと鉄板に貼りついた紙は、電熱でよく乾き、しわひとつなく真っ白だった。

今度は濃いのりを刷毛で紙いっぱいに塗り、その上からまた一枚、紙を重ねて貼る。最初に貼った紙と寸分もずれないよう、上の角をぴったりと合わせ、上から下へ、おそるおそる貼っていく。

下まで貼ると、また真ん中から端にむかって、乾いた刷毛で空気を掃きだしていく。もたもたしていると、ここで空気が入ってしまうとお姉さまが言っていた。

「いくわよ」

中野さんはひとりごとのように呟くと、把手を回し、紙を重ねて貼ったばかりの鉄板をむこうにやった。

新しく現れた鉄板にのりを塗り、また紙を貼る。

あんまり薄くて破れそうで、おっかなびっくり持っていた紙は、意外にも強い。いくらひっぱっても破れない。

力の入れ具合がわかってきて、一枚貼るごとに手捌きが速くなる。それでも、挺身隊のお姉さまがたのような、流れるような動きには到底及ばない。

お昼の休憩までの間に、わたくしと中野さんは、なんとか四枚の紙を仕上げた。

敷島高等女学校の寄宿舎は、学校のとなりにあって、杏花寮《きょうかりょう》といった。

入寮した春、寮名の由来となる門のそばの大きな杏の木とライラックの木が、枝いっぱいに花を咲かせていた。

五年生が寮長で、一年生から四年生までが同じ部屋だった。わたくしの部屋は中野さんとわたくしが一年生、あとは二年生から四年生までが一人ずつの五人部屋だった。

上下関係が厳しく、自分のことはわたくし、上級生のことはお姉さまと呼ばなくてはいけなかった。わたくしと中野さんは上級生にこきつかわれた。勉強どころじゃなかった。部屋にいる間はいつもびくびくして、上級生の顔色ばかりを窺《うかが》っていた。

三年生のお姉さまが呟く。

ああ、インクでも飲みたいわ。

それだけで察する。わたくしはぱっと立ちあがって食堂へ行って、やかんのお茶を汲《く》んでくる。お茶を汲んできてちょうだいはもちろん、のどが渇いたわなんて、わかるようには言ってくれない。ぼんやりしていたら、気が利かないと散々叱られた。右も左もわからないわたくしたちのために叱ってくれているのだとはわかっていたが、つらかった。なぜだか三年生のお姉さまが特に厳しかった。

小学校を出たばかりの、まだ十二歳だった。今思うと、その意気地のなさにあきれるばかりだが、生まれて初めて親元を離れて、ただでさえさびしいのに、たまらなかった。

中野さんと一緒に寄宿舎の屋上に上がって泣いた。そうしたら、なんだかまぶしい。見たら、むかいの商業学校の屋上から、男子生徒がわたくしたちをからかって、鏡で光をきらきら反射させていた。

顔を上げたわたくしたちを、どっとわらう。

おちおち泣いてもいられなかった。

工場の中庭に集まって、楡《にれ》の木陰でお弁当を広げた。

中野さんのお弁当は、寄宿舎で用意してくれる日の丸弁当だ。建前通りの白いご飯と梅干だけ。

わたくしのお弁当と見た目は同じだが、わたくしのお弁当のご飯の下には、わからないように、母がたくあんを埋めておいてくれていた。ちょっと前までは、卵焼きとか、夕食の残りのすき焼きとかを埋めておいてくれていたのに、このごろは配給もないのか、肉も卵もめったに食べられない。たくあんだってごちそうだった。

「崎山《さきやま》さんはよかったわね。寄宿舎を出られて」

ご飯の下のたくあんを察したらしい中野さんが、わらいながら言う。お父さまは協和会にお勤めで、中野さんのご家族はお父さまの勤務地の興安総省にいる。

わたくしはそれでも、音を立てないようにそっとたくあんをかみながら、頷いた。

「崎山さんのおうちは、お父さまがお戻りになったのよね、ご出世されて」

「ご近所になってうれしいわ」

森《もり》さんと大山《おおやま》さんが、それとなく口を挟んでくれる。二人も自宅から通っているから、わたくしと同じように、ご飯の下にこっそりおかずが詰めてあるはずだった。

「ご出世だなんて」

わらって打ち消しながらも、出世にはまちがいなかった。協和会に勤める父は鉄嶺の事務長から、新京の本部の第二課課長になって戻ってきた。

鉄嶺に行く前はただの平《ひら》職員で、興安大路の小さな貸し家に住んでいたけれど、課長になったら大きな社宅に住めるようになった。しかも、興亜街《こうあがい》に面した官庁街だ。目の前は総理大臣官邸、斜め前は外交部。国務院もすぐそばだ。

広い庭には、いっぱいにコスモスの花が咲いていた。花がすきな母がとても喜んでいた。

「﨑山さんのお父さまもうちと同じよね。協和会よね」

「ええ」

わたくしは大きく頷いた。協和会は官民一体となって、満洲の五族協和をすすめる組織で、張景恵《ちょうけいけい》総理大臣も国務院の方々もみんな協和会に属している。わたくしはこどものころから父の仕事を誇らしく思っていた。

「でも、もう三年生なんだから、中野さんもずいぶん楽になったでしょう」

わたくしはなんとかたくあんを飲みこむと、訊《き》いた。

「そうね」

中野さんはわらった。

「楽にはなったわ」

六月の日差しを、楡の小さな葉が受けとめてくれる。数えきれないほどの葉っぱが、勢ぞろいして。

わたくしは空を見上げた。

いつの間にか、蒙古《もうこ》風《かぜ》は、もう吹かなくなっていた。

早い年は四月から。だいたいは五月から六月に、新京では蒙古風が吹く。

小さいころは、蒙古風が怖かった。

ひどいときは、一寸先《いっすん》が見えなくなる。

吹くという言葉がそぐわないほどに、蒙古の黄砂がところかまわず、ものすごい勢いで叩きつけてくる。あかぎれみたいにあちこち切れる。お風呂に入ると、それがしみて痛くてたまらない。

蒙古風があたらないように、女の子はレギンスを穿《は》き、ジョーゼットのベールをかぶり、前をしっかりくくって外に出る。男の子は坊主頭のままで、水中めがねをしていた。

それでも蒙古の砂は入りこむ。小学生のころは痛くって、学校の行き帰りに、ぴょんぴょんはねていた。

はねたって、痛いのは変わらないのに。

今ははねない。

だってもう、小学生じゃないから。


お弁当の後は、休憩なしにずっと、乾燥機の前に立ちつづけた。

鉄板に薄いのりを塗り、紙を貼り、濃いのりを塗り、紙を貼り、また濃いのりを塗り、紙を貼り、その上からまた濃いのりを塗り、紙を貼り、最後にもう一度濃いのりを貼り、紙を貼ると、原紙のできあがり。五枚の紙が重ねられて原紙になる。四面の鉄板すべてに五枚の紙が貼られ、ぐるりと回すと、最初に貼った鉄板が現れる。

もうすっかり紙は乾いていた。わたくしのほうの端から、べりべりっと剝《は》がす。爽快なほどきれいに剝がれる。だれが考えたのか知らないが、よくも考えたものだと感心する。

ぱりっと乾いた原紙を、中野さんと二人で運ぶ。薄い紙とはいっても、畳ほどの大きさの紙が五枚重なると、さすがに重い。

周りがどこまで進んでいるかは作業をしていてもわかる。前後左右の乾燥機では、まだ原紙ができあがってない。わたくしたちは目を見合わせ、自分たちが午後一番乗りだと思って誇らしかった。

ところが、台の上にはもう何枚もの原紙が積み重ねられていた。その上に運んでいった原紙を重ねる。わたくしたちよりも手早い組があるとわかって悔しくなる。

四枚目の紙を運んだとき、わたくしは中野さんに言った。

「今のうちにお手洗いに行っておきましょうよ」

「あら、そうね」

まさか焼けることはないのだろうが、鉄板にのりや紙をそのままにしておいて、乾燥機のそばを離れるわけにはいかない。

「ちょうどよかったわ。あなた、冴《さ》えてるわね」

中野さんがほめてくれる。

わたくしは言わなかったが、月経のさなかだった。校外作業のときはわずらわしくてしようがない。せっかくこれからもっとがんばろうと思っているのに。

しかも、お手洗いがどこかわからなかった。広い建物の中をうろうろしていると、一人の兵隊さんが血相を変えて走ってきた。

「なにをしている!」

軍事機密があるのだろう。どなられたが、わけがわかると、すぐにお手洗いを教えてくれた。

「ほかのところには決して立ち入らないように。いいですね」

念押しされたのは、疑われているようで心外だった。

赤く染まった脱脂綿を取り替え、大急ぎでお手洗いをすませると、わたくしたちは作業に戻った。

つむじ風で舞いあがる遊びも、いつの間にかしなくなっていた。

草っぱらや空き地で遊んでいると、不意に立つつむじ風。

決まって春先の、よく晴れた日だった。

つむじ風は、びゅうびゅう音を立てて、土や草を巻きあげながら、やってくる。

みんなで手をつないで輪になって、つむじ風を輪の中に入れると、つむじ風に吹きあげられて、ふわっと舞いあがる。みんなが手をつないだまま。

つむじ風が抜けると、また地面にふわっと降りる。

そうしたら、またみんなでつむじ風を追いかけていく。

何度も何度も。

だいすきな遊びだった。

でも、もう、わたくしの体はつむじ風なんかでは舞いあがらない。

だからこそ、こうしてお国の役に立つことができる。

作業が終わり、工場を出たときには、日が暮れかけていた。

ぐるりを囲むれんが塀は高い。工場といっても民間のものではなく、わたくしたちが第四連隊と呼ぶ、軍の施設に作られた工場だった。

独立守備隊と呼ぶ人もいて、本当はそっちが正しいらしい。独立守備隊はずっと前からこの地にいて、支那《しな》軍が南満洲《みなみまんしゅう》鉄道を爆破した満洲事変のときは、新京にいた支那軍に、当時駐屯《ちゅうとん》していた歩兵第四連隊とともにわずかな兵で奇襲をしかけ、見事に制圧してくださった、それはそれは勇ましい軍隊だった。

「それではまた明日ね。ごきげんよう」

中野さんがわたくしたちに頭を下げてくれる。

「ごきげんよう」

わたくしたちも中野さんに頭を下げる。

中野さんの背中のむこうに、わたくしが二年生の夏まで暮らしていた杏花寮の建物が見える。そのむかいには、新京神社の巨大な鳥居がそびえている。

天秤棒《てんびんぼう》を担いで通りかかった満人が警察官に咎《とが》められていた。きっと鳥居の前で頭を下げないで通ったんだろう。

杏花寮のとなりには敷島高女の校舎が立つ。新京のシンボルにもなっている真っ白な給水塔も見える。

「中野さんは寮でいいわね」

森さんが言った。興亜街のほうから通ってきているわたくしたちは、これから、一時間近くも歩いて、家まで帰らないといけなかった。

もともと、家が遠い人は電車通学だったが、電車には乗るな、ぜいたくは敵だと言われるようになって、去年から電車に乗れなくなり、みんな歩いて通うようになっていた。電車もぜいたくのひとつになったのだ。

言われてみれば、わたくしたちの周りはぜいたくだらけだった。ワンピースの制服も、セーラー服も、スカートだってぜいたくだった。ズボンなら、ありあわせの大島とかの地味なきれでめいめいに作ればすむ。肩紐をつけてズボンを吊って、後ろでばってんにすれば、女学生らしい。

紺のフェルト地にリボンのついたボンネットの帽子も、入学したときにうれしくてたまらなかった黒い革の手提げ鞄《かばん》も、ぜいたくだった。厚手の帆布《はんぷ》の雑嚢《ざつのう》を肩から掛けるほうが合理的だ。いざというときには両手を空けておかないといけない。

いざというときは、ぜいたくと並んでよく使われる言葉だった。雑嚢の中には、いざというときのための救急道具と防空頭巾が入っていた。いざというときというのは空襲のときということで、憧れのボンネットは防空頭巾になり、髪を結ぶリボンはぜいたく品になって、黒いゴムで結ぶだけになった。

サイパンがやられ、硫黄島《いおうとう》がやられ、とうとう沖縄までやられ、アメリカの飛行機がどんどん飛んでくるようになって、内地では空襲がひっきりなしだという。さすがにアメリカの飛行機が満洲まで飛んでくるなんてことがあるはずはないが、内地のみなさんの苦労を思い、いざというときに備えるのは、銃後の身としては当然の務めだった。

母が喜んだコスモス畑も、もうずいぶん前にみんな引き抜いて畑にし、防空壕を掘っていた。

「家に帰るころには日が暮れるわね」

大山さんが言った。

「中野さんはもう、寮でごはんを食べているころかしらね」

児玉《こだま》公園に沿って続く歩道を歩きながら、森さんがうらやましそうに言った。

「寮だったらよかったかしら」

「寮だって大変なのよ」

わたくしは思わず、そう返した。

「寄宿舎は配給通りだから、食事もわびしいし」

わたくしがいたころでさえ、寄宿舎では割大豆という大豆をふやかして炊いたものが主食で、しかもどんぶり一杯と決められていた。親元からの差し入れがなければ、とても耐えられなかった。


児玉公園は新京で一番大きい公園だけあって、歩道は延々と続く。もともとは西公園といったそうで、そう呼ぶ先生もいるが、日露戦争で満洲軍を率いて勝利した児玉源《げん》太《た》郎《ろう》大将の銅像が立ち、児玉公園と呼ばれるようになった。

鬱蒼《うっそう》と茂る公園の木々が、歩道の上まで枝を伸ばしていて、あたりは薄暗い。

「今日の作業は疲れたわね」

「肩が凝《こ》っちゃって」

大山さんの声も森さんの声も力がない。

「でも、軍事機密ですってね」

「親にも兄弟にも言うなって」

「寝言にも言うなって」

二人の声はどんどん暗くなる。

朝はまぶしく見上げる緑の木々が、夕暮れどきは不気味に姿を変える。

「でも」

左端の公園側を歩くわたくしは、ことさらに声を張っておどけた。

「寝言は無理よねえ」

わたくしの言葉に、二人はどっとわらった。

「たしかに無理よねえ」

わたくしもわらった。

三人でわらいころげたそのときだった。

いきなり、わたくしは肩を叩かれた。


小さいころは、子ーとりが怖かった。

満洲では、日本人のこどもは子ーとりにさらわれるといわれていた。日本人のこどもは優秀だからという。

小学校へ通うようになると、いつも必ず、近所の男の子と女の子と一緒だった。子ーとりが怖くて、女の子二人を中にして、男の子二人が外になって、四人で手をつないで学校へ行った。

　必ず、四人が手をつないで行きなさい、なるべく広い道を行きなさいと、母に何度も何度も言われた。

　みんな、子ーとり、子ーとりと呼んで、怖がっていた。でも、こどもだったから、なにかあるとすぐに手を離してしまう。

　学校の前の三角池が凍ってるとか、給水塔の下で犬がけんかをしているとか、ターチョ《荷馬車》から野菜が落ちたとか、そんなことで。

　それで、あわてて、いけない、子ーとりにさらわれると騒いで、また手をつなぐ。四人しかいないのに、みんないるかどうか指差しをして確かめたりもした。

　たいてい、ちょっとしたことに気を取られて、最初に手を離すのはわたくしだった。そして、すぐに子ーとりにさらわれると騒いで、手をつなぎなおすのも、わたくしだった。

　でも、今はもう、子ーとりは怖くない。


　ふりかえると、怖い顔をした男が立っていた。

「おまえたちはなにをしゃべっているんだ」

　怒気がこもっていた。

　わらっていたわたくしたちは、わらった顔のまま固まって、立ちすくんだ。

「軍隊での作業のことをしゃべっていたんじゃないのか」

体中の血がさあっと引いた。

「言え！　なにをしゃべっていたんだ！」

おっとりと育って、どなられたことなどないわたくしたちは、怯《おび》えて声が出ない。

グレーのスーツ姿の男は、夏だというのに上着をちゃんと着て、鳥打帽《とりうちぼう》をかぶっていた。憲兵ならつけているはずの、白地に赤の憲兵という腕章はない。ということは、私服憲兵。

今、一番怖いのは、子ーとりでも空襲でもなかった。憲兵だった。内地では特高《とっこう》、特別高等警察が怖いらしいが、満洲では憲兵で、目をつけられて連れていかれたら、終わりだといわれていた。しかも、憲兵の中には、それとわからぬ姿で行動している私服憲兵がいるという。子ーとりと同じく、見たこともなかった私服憲兵が、今、目の前にいる。

「ちがいます」

わたくしは絞りだすように言った。

「しゃべっていません」

「そうです」

森さんもこくこくと頷いた。

「わたくしたち、なにもしゃべっていません」

男はわたくしたちを見下ろすようににらみつけた。わたくしたちは男を見上げた。

やましいことは、まだなかった。

わたくしたちは、まだ、なにもしゃべってない。

「しゃべったら軍法会議だぞ！」

男はそれだけ言うと、くるりと背をむけ、第四連隊のほうへ引き返していった。

小学生のころは、興安大路の前の、小さな家に暮らしていた。

興安大路は広かった。歩道があって、どろやなぎの並木があって、それからマーチョ《馬車》とヤンチョ《人力車》が通る道があって、またどろやなぎの並木があって、真ん中が自動車が走る道。それでまた、どろやなぎの並木があって、むこう側もおんなじように、マーチョとヤンチョが通る道があって、歩道があった。

どろやなぎはすごく大きくなるので、枝と枝がつながって、緑のトンネルになっていた。薄い葉っぱはハート形をしていて、風に揺れると葉っぱがちらちら動いた。ほかの木のようにゆさゆさじゃなくて。それがとてもきれいだった。

夏は涼しいので、木陰に屋台が来て、ヤンチョやマーチョの車夫や馭者《ぎょしゃ》が集まって、涼んでいた。

そのころ、マーチョにはよく乗った。みんなが新京銀座と呼ぶ吉野町《よしのちょう》に行くときは必ず乗った。流しているから、歩道からマーチョと呼べば、すぐに来てくれる。屋根があって涼しくて、みんなでむかいあって乗れる。

マーチョの馭者もヤンチョの車夫も満人と決まっていて、日本人はその代金を必ず値切った。満人は必ず高くふっかけてくるからだという。でも、母はマーチョの代金を決して値切らず、いつも満人の言うなりに払っていた。

払わない人もいた。うちの前でヤンチョを降りた憲兵が、満人の車夫を一喝したのを見たことがある。

帝国軍人に支払いを求めるとは何事か！

腕に腕章をつけた憲兵はなおも続けた。

だれがおまえらを守ってやってるんだ！

それでも、払ってくれとすがりついた車夫を、あろうことか憲兵は、さすがに剣は抜かなかったが、鞘《さや》ごと殴りつけた。

わたくしの目の前で、車夫が音をたてて道路に倒れた。わたくしはその場に立ちすくんだ。

これこれ、それくらいにしないか。

穏やかな声がわたくしの後ろからかかった。わたくしの横をすり抜けていった軍人が、車夫を抱き起こす。

この人だって商売だ。支払ってやりなさい。

そう言った軍人のほうが憲兵より階級が上らしい。憲兵はあわてて敬礼した。

抱き起こされた車夫の鼻からは血が流れていた。わたくしは怖くなって、逃げるように家に帰った。

あれ以来、憲兵が怖くなった。憲兵よりも怖いといわれた私服憲兵も怖くなった。憲兵や特高のおかげで、わたくしたちが匪賊《ひぞく》や反乱分子に脅かされることなく暮らせているのはわかっている。でも、あの満人の車夫は匪賊にも反乱分子にも見えなかった。たとえ、なにもわるいことをしていなくても、連れていかれることがあるのかもしれないと思うようになった。


家に帰ると、台所に立つ母に言った。

「明日から、お弁当におかずを入れないでちょうだい」

「あらまあ、叱られちゃったの」

母が気の毒そうに言う。

「叱られたわけじゃないけど」

わたくしは、工場の将校さんや、児玉公園でわたくしの肩を叩いた私服憲兵を思いだしていた。

あの人たちは、なんでも知っているような気がする。今だって、こうして話していることもお見通しのように思う。

「たくあんは音がして困ったのよ。中野さんは寄宿舎ですもの。気の毒だったわ」

「じゃあ、おかかでも」

「おかかもやめて」

わたくしがぴしゃりと言うと、母はちょっと考えてから言った。

「中野さんの分も持っていってあげたらどうかしら」

「そういうことじゃないでしょう」

わたくしは苛立《いらだ》った声を出した。

「非常時なのよ。前線の兵隊さんのことを思ったら、ぜいたくよ。お弁当はご飯と梅干しだけにしないといけないわ」

母はそれでもなにか言いたげだったが、わたくしは母に背をむけた。

「お母さんは時局をわかってないんだから」

「ひろみちゃんはまじめだからなあ」

座敷から河村《かわむら》さんが顔を出して言う。吉村《よしむら》さんもわらいながら頷き、父は言った。

「まあいいよ。ひろみちゃんの気のすむようにすればいいよ」

うちにはいつもお客さんがいる。父の親戚の吉村さんは母が晩ごはんを作っているとのぞきこんで、あっ、天ぷらか、食べていこうかなと言い、父の部下だった河村さんは、残飯整理に来ましたと言って、晩ごはんどころか、お風呂まで入っていく。

「お父さん、お風呂入った？」

「入ってないよ」

「河村さんは？」

わたくしが訊くと、みんながわらった。河村さんは頭を掻いた。

「ひろみちゃんにはかなわないなあ。先に入っていいよ」

「じゃあ、お先にいただきます」

わたくしは雑嚢をこども部屋に投げこみ、お風呂に入った。


戦争が始まったのは、新京白菊《しらぎく》在満国民学校の五年生のときだった。学校で整列して、校長先生の話を聞いた。真珠湾というきれいな地名をそのとき初めて知った。勇ましい行進曲が流されて、よくわからなかったけれど、とにかくなんだかとても華々しい話を校長先生がされて、なんだかやたらに興奮したのをおぼえている。

それからは、毎月八日は大詔奉戴日《たいしょうほうたいび》という記念日になり、みんなで白菊小学校のとなりの忠霊塔に参拝に行くようになった。五年生から国民学校になったというのに、それまでは白菊尋常小学校だったので、わたくしはつい白菊小学校と呼んでしまう。

お寺みたいに立派な黄色い屋根が五重に重なった忠霊塔は、小学校の赤れんがの三階建ての校舎よりも、ずっと高くそびえ立っていた。広大な境内は、いっぱいに玉砂利が敷きつめられている。忠霊塔のむかいは、日本のお城の天守閣みたいな屋根の関東軍司令部だった。

小学校の入学式のとき、忠霊塔の前で記念写真を撮った。それから六年間、ずっととなりで暮らしてきたから、忠霊塔はおなじみさんだった。シンガポールが陥落《かんらく》したときも、学校のみんなで提灯《ちょうちん》を持って、忠霊塔に集まった。それから夜の町へ、提灯行列に出た。

この忠霊塔にお祀《まつ》りされているのは、満洲事変のときに亡くなった兵隊さんだった。新京の北の寛城子《かんじょうし》と南の南嶺《なんれい》でも支那軍との戦闘があり、激戦の末に見事制圧した南嶺三十八勇士のことは、学校で習っていた。

わたくしが生まれた翌年のことなので、もちろんわたくしにその記憶はなかったが、満洲には同じような忠霊塔が十もあると聞いていた。暴虐を尽くす匪賊征伐によって命を落とし、満洲を築くための人柱となってくださった、十万人もの兵隊さんの遺骨が納められているという。

わたくしたちが知らない間に、兵隊さんたちがそんなにまでして戦ってくれたおかげで、この満洲国ができた。今だって、兵隊さんや憲兵のおかげで、わたくしたちはこうして平和に暮らしていられる。

それを怖がるなんて、申し訳ないことだった。

お風呂から出ると、こども部屋の床にすわって本を読んでいる洋子《ようこ》に声を掛けた。

「お姉ちゃん出たから、お風呂に入りなさい」

「はあい」

洋子は本から手を離すと、ぱっと立ちあがった。

「本くらい片づけていきなさいよ」

わたくしが言うと、洋子は口をとがらせた。

「お姉ちゃんだって片づけてないじゃない」

たしかに、先月からずっと続く校外作業でくたびれて、雑嚢も勉強道具も出しっぱなしだ。少しは勉強しようと開いた教科書も、読みかけのまましまってない。洋子と二人で使うこども部屋は散らかっていた。

「お姉ちゃんは学徒動員で疲れてるんだから」

姉ぶってごまかす。

「あたしだって疲れてるもん」

「あなたは学徒動員されてないでしょ」

四つ下の洋子は小学五年生だ。

「でも、昨日は畑に行ったよ」

「昨日でしょ」

「でも疲れてるんだもん」

「いいから片づけなさいよ」

「お姉ちゃんだって片づけてよ」

騒いでいたら、いきなり父が入ってきた。吉村さんも河村さんももう帰ったらしい。叱られるかと思ったが、父は持ってきた紙を壁に貼ると、そのまま出ていった。

紙には、なんでもぼろ買いますと書いてあった。

廊下から父の歌声が聞こえた。

「ぼろ買ーいます、ぼーろーを買ーいます」

時々回ってくる満人のぼろ買い屋さんが、ふれて歌う歌だった。わたくしと洋子はあわてて部屋を片づけた。


焼き芋屋さんもお菓子屋さんも、歌いながらやってきた。

あーんパン、しょーくパン、なーま菓子、よーうかん。

まだ小さかったとき、洋子は満人の歌をまねたが、なまがしと言えなくて、ながましと言っていた。

あーんパン、しょーくパン、なーがまし、よーうこたん。

最後は自分の名前にして歌っていた。

あらあら、洋子ちゃんは売りませんよ。

そのたびに母が言うのを喜んで、洋子は何度もくりかえした。

すす取り屋さんも来た。すすーとふれて、やっぱり節をつけて歌っていたけど、なんと歌っていたか思いだせない。

満人はいつもそうやって、日本語で歌いながらやってきた。

近所のおばさんたちは、満人を見ると、ニイヤと呼びかける。

ニイヤ、羊羹《ようかん》有《ユウ》？

おばさんたちが通りで歌っている満人に、支那語混じりで声を掛けると、満人は駆け寄ってきて、羊羹ね、有有《ユウユウ》と喜んで出して見せる。

ようこたんもようかん食べる。

洋子が自分のことをようこたんと呼んでいたころは、もっとかわいかった。

ようこたんはようかんがいいんですって。

わたくしは洋子を見下ろしてわらった。

お菓子屋さん。

母がわらいながらお菓子屋さんを呼ぶ。

こっちにも羊羹をちょうだい。

なぜだか、母が満人をニイヤと呼ぶのは聞いたことがなかった。

あの歌声も最近は聞かない。なにもかも配給制になって、羊羹なんて滅多にお目にかかれない。歌いながら売っていた満人はどうやって暮らしているんだろう。

寄宿舎にいたころ、鉄嶺には砂糖で固められた大きな羊羹を売る店があって、母が朝から並んで買い、寄宿舎に送ってくれた。同じ部屋のみんなに分けるのが切なかった。今思うと、あれが羊羹を食べた最後だった。

りりりりりとベルが鳴った。

お昼休みだ。

中野さんと目を見合わせる。四枚の鉄板には、五枚目の原紙を貼ったところだった。

わたくしは手を止め、手拭いで汗を拭った。

一枚ずつ、がばっと剝がしては運ぶ。

ちょうど切りのいいところまで作業していた組の人たちは、わたくしたちの横を通って、工場を出ていく。

小学校も女学校もベルだった。でも、たしか、小学校の一年生のころはベルじゃなかった。小使いさんが一階の廊下を、鐘を振りながら歩いていた。いつの間にベルになったんだろうと、どうでもいいことを考える。

わたくしたちも四枚目の原紙を運び終わると、お弁当を持って外へ出た。

紙をぴんと貼るために、腕を上げっぱなしだった。肩が凝ってしかたがない。肩を揉むと、首の付け根が固くなっていた。みんなも口々に言う。

「肩が凝るわね」

「背中まで痛いわ」

「わたくし、昨日、揉んでもらったのよ」

中野さんが涼しい顔をして言った。

「一年生にね。おかげで少しは楽だわ」

「やっぱり寄宿舎はいいわね」

大山さんも森さんもうらやましがる。

「だって、わたくしたちだってやったもの。ねえ」

たしかに、わたくしたちもお姉さまたちのためにしてきたことだった。一年生だって校内作業や農耕作業にかりだされているんでしょうにと、つい思ったのは、わたくしが寮を出たからだろうか。

「わたくしたちも、もう、三年生なのね」

それだけ言って、なにも埋まっていないお弁当のご飯を食べた。米も足りなくなって、真っ白いご飯が出ることはなくなっていた。混ぜてあるのが麦ならいいほうで、今日は大豆が混ぜてあった。

満洲では大豆がよく取れる。特に新京は大豆の集散地で、汽車に乗ると、地平線にぽつんぽつんと、落っことしたみたいに大豆を積んだ山があるのが見えた。

女学校でも農耕作業はあった。

一年生のときは、建設中の帝宮の周りに学校の畑ができて、鍬《くわ》を担いで芋を掘りにいった。ただの原っぱだったのに、土が黒くて肥えているので、なんでもよく育つ。

競馬場の畑にもよく行った。そのときは、一中と呼ばれた新京第一中学校の前を通る。農耕作業の行き帰りは軍歌を歌うのが決まりだったので、ああ紅《くれない》の血は燃ゆるという学徒動員の歌や、若鷲《わかわし》の歌という予科練の歌を歌っていくと、一中の生徒たちがみんなして窓に集まって、ひゃあひゃあ冷やかしてくる。

みんな授業中のはずなのに、なにしてるんだろうねえと、わたくしたちもわらった。

男の子たちは敷島高女のわたくしたちを黒ガス、錦ヶ丘高女の生徒を赤ガスと呼んでいた。黒ガスは黒いリボンのガールスという意味らしい。わたくしたちの姿を見ようと、寄宿舎の前をうろうろする男の子たちもいた。なにかご用ですかとこっちから声を掛けると、こそこそ逃げていくのがおもしろかった。

小学生のときには手をつないで登校したり、一緒によく遊んだりしていたのに、あの男の子たちがそんなふうになってしまったのは、なんだか不思議だった。

二年生の二学期からは、校内作業が始まった。軍で必要な物資を作る作業をするようになって、あまり勉強はしなくなった。

さらしが渡され、わたくしたちは教室で、戦死した兵隊さんの白衣《はくい》を縫った。

わたくしたちは、戦死した兵隊さんが着るものだからと思い、丁寧に、心を込めて、一針一針縫った。

ところが、先生からは大きく縫いなさいと言われて、びっくりした。

小さい目で縫わなくていいから。縫えていればいいから。着せて焼くだけだから、とにかく、速く、たくさん縫いなさい。

たしかに、さらしは、こんなに目の粗《あら》いものがあるのかしらというようなぺらぺらのさらしだった。先生は棒グラフを作って、だれがどれだけ縫えたか一目でわかるように、教室の後ろに貼った。

わたくしは、言われた通りに、とにかく大きな縫い目でざくざく縫った。わりに器用なたちで、よく縫ったと先生に褒《ほ》められた。毎日毎日、一日に何枚となく縫った。

兵隊さんってこんなにたくさん亡くなっているんだと驚いた。そして、こんなにたくさんの兵隊さんに、こんなに粗末な白衣を着せて弔《とむら》っていることを、銃後の身として申し訳なく思った。

三年生になって授業があったのは四月だけで、五月からは授業はなくなった。

登校すると、トラックに乗せられ、十キロほど南の孟家屯《もうかとん》に運ばれた。そこの関東軍の兵器廠《しょう》で、武器の手入れや発送の作業をした。文字通り、鉛筆を持つことすらなくなった。

わたくしたちは傷んだ鉄砲や刀を吊り下げるベルトを修理した。ベルトなら編み直し、鉄砲は磨く。鉄砲そのものではなくて、銃身などのばらばらの部品になっているものだった。

戦地に行って使われたもので、汚れて、さびついていた。チャンという松ヤニの塊でごしごし磨く。わたくしたちの面倒を見てくれた兵器廠の兵隊さんはかなりの年配で、内地のどこからやってきたのか、強い訛りがあった。

あんたたち、このチャンを、ちゃんとつけなさいよ！

わたくしたちにむかって、大まじめに、訛り丸出しでおっしゃる。もうおかしくておかしくて、みんなで下をむいて、くすくすわらった。それでも兵隊さんは気づかない。

あんたたち、チャンに力を込めて、ちゃんと磨きなさいよ！

そう、毎日のようにくりかえす。わたくしたちは笑いをこらえるのに必死だった。

チャンの兵隊さんは階級が低かった。伍長《ごちょう》か一等兵か、もっと下だったかもしれない。一番親身になって磨き方を教えてくれたのに、もう名前すらおぼえていない。

ほかに岩崎《いわさき》という少尉《しょうい》がいて、時々見回りにやってこられた。

岩崎少尉よ。

だれかのそんな声がすると、どきりとした。前髪をなでつけたり、急に背筋をのばしたりするのは、わたくしだけじゃなかった。

ひときわ若くて目元涼しく、颯爽としたお姿に、だれもが憧れていた。わたくしたちのトラックのそばを馬に乗って護衛してくださったときには、まるで白馬の王子様ねとささやきあった。葦毛《あしげ》の蒙古馬なのが残念だった。

その岩崎少尉が、今日はいいことがあると喜んでおられたことがあった。

演芸会があるんだよ。高田浩吉《たかだこうきち》が来るんだ。みんな楽しみにしているんだよ。

それはそれはうれしそうにおっしゃった。

笑顔がまた、すてきよね。

いつもきりっとしてらっしゃるけど、わらわれてもやっぱりすてき。

岩崎少尉が立ち去ると、みんなで騒いだ。

同じクラスでも持ち場がちがうと、別の作業をした。弾薬の火薬を詰めた人もいて、その部署では爆発が起きて、けが人が出た。

空襲がなくても、ここも戦場なんだよ。

岩崎少尉がおっしゃった。

わらっている場合でも、憧れている場合でもなかった。

非常時なのだ。

たしかに、いい話はシンガポール陥落くらいで、その後は提灯行列をすることもなかった。

それでも、新京には空襲はないし、鉄砲とか弾薬とか、そういうのはどこか遠くから運ばれてきて、修理してどこか遠くへ運んでいくものだと思っていた。戦場はどこか遠くのことだと。

勝ってる勝ってると言われて、どこへ行っても、守るも攻むるもくろがねの—という軍歌がちゃかちゃか流れていた。どこか遠くの戦場で、日本軍は勝っていると信じていた。

でも、あれだけの白衣が必要なほどに兵隊さんは亡くなっていて、これだけの鉄砲が傷んだり汚れたりするほどに兵隊さんは戦っている。チャンで落としたあの汚れは、兵隊さんの血ではなかったか。

銃後のわたくしたちも戦場にいる。わたくしたちはそれほどに大事な仕事をまかされている。

誇らしかった。

そして、そうおっしゃる岩崎少尉の真剣な横顔が、いつにも増してすてきだった。うっとりと見惚《みと》れていたのは、わたくしだけではなかったはずだ。

あのころ、孟家屯の兵器廠には、兵隊さんたちがたくさんいた。今はだだっ広い工場に数えるほどしかいない。最初に訓示をした将校さんもあれきり見ない。わたくしたちに指導してくれるのは、もっぱら挺身隊のお姉さまがただった。こんにゃくのりを作ってバケツに入れて持ってきてくれるのも。

「薄いこんにゃくのりと、濃いこんにゃくのりがありますからね、気をつけてくださいね」

お姉さまがたは、だれにともなく言いながら、乾燥機の間を歩く。

「空気が入らないように、真ん中から外にむかってはけを動かしてくださいね」

お姉さまがたの言葉は優しかったが、休憩は昼休みだけだった。後は立ちっぱなしで、腕は上げっぱなしだった。

わたくしは背が低いので、紙を貼るときは、肩よりも少し上に両手を上げないといけない。それがつらくて、肩が凝って凝ってしようがなかった。

乾燥機の熱で、工場の中は暑い。まだ六月なのに、汗が流れる。

「あなたたち、とっても手早いのね。息がぴったり。動きに無駄がないわ」

わたくしと中野さんの後ろで立ち止まって、一人のお姉さまが言った。

「その調子でがんばってね。お国のためですからね」

「はい」

中野さんと一緒に頷く。わたくしはすっかりうれしくなって、前よりも高く、さっと腕を上げた。


満洲国は今年で建国十三年になるが、建国十周年のお祝いは、よくおぼえている。

小学六年生のときだった。

内地からお祝いに皇族が来ると、学校で歌の練習をした。みんなで駅にお迎えに行って、たかまつのみやさま、ばーんばんざいと歌った。

汪精衛《おうせいえい》主席が来たときも、歌を覚えて、駅にお迎えに行った。

ライ《来》ラー《了》、ライ《来》ラー《了》、クァイ《快》ライ《来》バー《吧》、ター《大》ジャー《家》イー《一》チー《起》、ファン《歓》イン《迎》ター《他》（おいで、おいで、早くおいで、みんなで一緒にお迎えしよう）と、汪主席には支那語で歌った。

新京の南の南嶺には大きな競技場がある。昔は支那軍の兵営があって、関東軍の第四連隊と独立守備隊で鎮圧した建国の聖地だ。そこを埋めつくすほどにたくさんの人が集まって、建国十周年を祝う式典が開かれた。コンクリートの階段が、やたらと熱かったことをおぼえている。

父の勤める協和会のそばの大同《だいどう》公園では、博覧会も開かれた。大東亜建設博覧会。父が連れていってくれたと思うけれど、人がいっぱいいたことしかおぼえていない。なにを見たかは思いだせない。とにかくものすごい人だった。

大相撲大会もあった。名寄岩《なよろいわ》という大きなお相撲さんが、客寄せに入り口にすわっていた。敷布団よりも大きな座布団を敷いていた。あのとき、双葉山《ふたばやま》や照国《てるくに》を初めて見た。わたくしたちはかなり前のほうの席だったから、きれいだと評判の照国の肌もよく見えた。評判通り、真っ白くて、輝くような肌だった。

式典には、溥儀《ふぎ》皇帝もいたはずだけど、全然おぼえていない。溥儀皇帝の歌を歌わされるということもなかった。

そもそも、溥儀皇帝の歌なんてあったかしら。

今日の作業が終わったら、みんなに訊いてみようと思った。

小さいころから歌がすきだった。

敷島高女に入ってから、すぐにコーラス部に入ったくらいだ。

小学校では教科書が二冊あり、満洲の歌と日本の唱歌と両方を習った。満洲の歌はまちぼうけや娘娘祭《にゃんにゃんまつり》。日本の唱歌はふるさとを歌ったが、全然ぴんとこなかった。

満洲の大地はどこまでも平らで、山らしい山はほとんどない。新京でも、わたくしの住む町から西はほぼ手つかずの平原だったから、地平線に夕日が沈むのが毎日見られた。川は大河で、はるか遠くを流れていた。小鮒《こぶな》なんか釣れるような川はない。そもそも、新京は給水塔が必要なほどに水とは無縁の土地だった。歌に出てくるような山や川を見たことがなく、よくわからなかった。

娘娘祭や青天高《チンテンカオ》のほうがよくわかった。満洲の空はいつも青く、高く澄んでいた。

しかも、わたくしは、「うさぎ追いしかの山」を、「うさぎおいしいかの山」だと、ずっと思っていた。内地から来た三輪《みわ》さんに教えられて知って、大笑いになった。

でも、本当にうさぎはおいしかった。三輪さんには驚かれたが、市場では、皮を剝いで赤裸にしたうさぎが吊られて売られている。鶏の胸肉に似ていたが、わたくしはうさぎのほうが味があってすきだった。

冬になると、敷島高女では、うさぎ狩りもした。

競馬場の先の雪の原っぱで、女学生が何百人もで手をつないで、大きな丸い輪になって、はじめーという合図で、わあーっと、真ん中にむかって走っていく。そうしたら、穴の中から、うさぎがぴょんぴょん、ぴょんぴょん跳ねて、どんどん、どんどん出てくる。

楽しかった。

ただ、そのときたくさん捕まえたはずのうさぎを、いただいたことは一度もなかった。あのとき捕まえたうさぎは、どうしちゃったんだろう。

先生が食べちゃったのよ、なんて、みんなで言っていた。

夕方五時になると、りりりりりとベルが鳴って、一日の作業は終わった。その後、本来なら電車で通う道のりを、歩いて帰るのはきつかった。

わたくしたちは口数少なく、電車通りの興亜街をずっと歩いた。興安大路とぶつかる交差点を渡る。

内地から転校してきたばかりのころ、三輪さんが、これ、どうやって渡るのーと戸惑っていたことを思いだす。内地にはこんなに広い道はないという。みんなで手をつないで一緒に渡ってあげたときがなつかしい。

外交部と総理大臣官邸の角を右に曲がってから、大山さんと森さんと別れた。

「ごきげんよう」

「ごきげんよう」

大山さんと森さんの家は、その先の昌平《しょうへい》街だ。

わたくしは興亜胡同《こどう》に曲がる。父の勤める協和会の社宅がずらっと並んでいる。おむかいは部長の家なので二階建てで、庭はうちの倍もある。父は課長なので、うちはとなりの佐藤《さとう》さんと二戸で一軒の平屋建てだった。庭も半分だが、それでも広い。

喉が渇いていたので、門を入って、家に入らず、裏庭へ回った。引っ越してきたとき、いっぱいに咲いていたコスモス畑で、今はトマトやなすびが大きくなっている。熟れたトマトのいい匂いがぷんぷんする。

わたくしは胸いっぱいにトマトの匂いをかぎ、一番赤いトマトをちぎると、庭に立ったまま、かじった。

一日お日様にあたっていたトマトは生あたたかく、まるで命を持っているようだった。

ひと心地ついて初めて、あ、みんなに溥儀皇帝の歌があるかどうか訊くのを忘れた、と思いだした。

三輪さんが引っ越してきたのは小学四年生のときだった。

興亜街の家の近所だったので、引越しのあいさつに来てくれた。

冬だった。

満洲に来て誂《あつら》えたのだろう、ぶかぶかのシューバ《毛皮のコート》を着た三輪さんは、ふかふかの毛に丸い顔をうずめて、恥ずかしそうにわらっていた。シューバは高価だから、あまりお金がない家は、長く着られるよう、こどもに大きめを買う。しかもそれが、山猫のシューバだった。

山猫の毛皮は、それほどいいものではない。わたくしも、秋林《チューリン》というデパートで、三輪さんと同じ、山猫のシューバを買ってもらっていた。三輪さんとはなかよくなれるような気がした。

わたくしは三輪さんに教科書を見せてあげた。三輪さんは、うれしそうに、おんなじ、と言った。そのとき、満洲と内地の教科書は同じなんだと知った。

ペチカをめずらしがり、二重窓や二重扉も初めて見たと言っていた。窓と窓の隙間に、牛乳と砂糖と卵黄をかき混ぜて入れて、アイスクリームを作ることがよくあったが、その日はちょうど牛乳を切らしていて、おぜんざいを凍らせてあげた。凍ったのをざくざく崩しながら、きゃあきゃあ喜んで食べてくれた。

その後、お手洗いに行ったが、なかなか出てこない。見にいくと、これ、どうやってするのーと困っていた。紐をひっぱって流してあげると、ほっとして、ああ、びっくりしたと言った。内地には水洗トイレがないと知って、わたくしのほうがびっくりした。

帰りは、外が寒いので、シューバを着て、毛皮の帽子をかぶって、マスクをしてから家を出る。そのとき、三輪さんはうっかり、外側の扉の把手を握ってしまった。零下二十度以下になる冬、真鍮でできた把手を素手で持つと、一瞬でくっついて取れなくなる。無理にひっぱったら皮がべろっと剝ける。

動かしたらだめよ！

わたくしは叫ぶと、ぬるま湯を汲んできて、掛けて溶かしてあげた。

その日以来ずっと、三輪さんとはなかよしだった。

三輪さんは、なんでもかんでも内地とちがうと驚いていた。家が広いと驚き、電信柱がないと言って驚き、電気やガスが通っていることに驚き、スチームラジエーターの暖かさに驚き、満洲があまりに寒いことに驚いていた。シューバも毛皮の帽子もマスクも、生まれて初めて身につけたという。

鼻が凍傷になるから、マスクは必ずした。それでも鼻は真っ赤になった。マスクをすると息が上がって、まつ毛はつららになる。瞬きした瞬間にまつ毛が凍って、くっついて開かなくなることもあった。目が開かない、助けてーと三輪さんが叫び、いつもするように、両手を顔に当てて、はーっと息を吹きかけて、溶かしてあげたこともあった。無理して開けると、まつ毛が抜けたり切れたりする。

だからわたしはまつ毛が薄いのよと冗談で言うと、三輪さんはそうなのねと信じていた。そういうところがすきだった。

三輪さんは、それからも何度か玄関の把手を素手で触っては、ひろみちゃーん、助けてーと叫んだ。そういううっかりなところもすきだった。小学校のお手洗いでも、レバーを押して流すやり方がわからなくて、ひろみちゃーんとわたくしを呼んだ。

三輪さんは第四連隊ではなく、別のところに動員されたようで、五月からずっと会っていない。いつもにこにこしていた三輪さんに、なんだか無性に会いたかった。

家に帰るなり、倒れこんで寝てしまうようになった。

「お姉ちゃんは最近、肩凝ったしか言わないね」

揺り起こされて立ちあがり、なんとかついた食卓で、洋子が不満そうに言う。お腹が空いているはずなのに、食欲がわかなかった。

「あとは、肩張った、ね」

母はわらう。

「ひろみちゃん。饅頭《マントウ》を食べたら。李太太《リータイタイ》が持ってきてくれたのよ」

言われて気づき、白くてふわふわの饅頭に手をのばす。最近は貴重な小麦粉の、甘い匂いにうっとりする。近所に住む満人の奥さんの饅頭は絶品だった。

「おいしい」

饅頭は満人の主食だった。わたくしはお腹を壊してごはんが食べられないときでも、李太太の饅頭なら食べることができた。

「お姉ちゃんは学校でなにをしてるの」

この春から小学校に上がったばかりの健三《けんぞう》に訊かれ、ひやりとした。児玉公園の木の下で肩を叩かれたことを思いだす。

「健ちゃん、洋子ちゃん。お姉ちゃんはね、疲れているんだよ」

父は優しく言うと、健三に促した。

「健ちゃん、お姉ちゃんにお茶を汲んであげたら」

「うん」

このごろお茶を汲むことをおぼえた健三は、張り切ってお茶を入れてくれた。ちょっとこぼしたのもご愛嬌だ。

農耕作業が始まってから、高い授業料を払っているのに、授業もしないで、うちの娘をこきつかってと、学校にどなりこんだ親がいた。

この非常時だというのにどなりこんだ親は笑いものになり、生徒はすっかり面目を失って学校で居場所をなくした。一方、兵器廠で火薬が爆発してけがをした生徒の親は、文句ひとつ言わず、親の鑑《かがみ》と讃えられた。

わたくしの母と父が、なにも言わないでいてくれるのはありがたかった。


李太太《リータイタイ》と初めて会ったのは、健三の三歳の誕生日だった。

八月だった。興安大路の小さな家にいたころだ。ごちそうを並べ、家族そろってお祈りをしてから、健ちゃんおめでとうと、ぶどう酒で乾杯した。うちはクリスチャンなのでぶどう酒を飲む。父はお祝いだからと、小さいカップにぶどう酒を入れて、健三にも飲ませた。

赤玉ポートワインは甘くておいしい。健三は、もうちょっとちょうだいなんて言っていた。

みんなでだめだめと言って止めた。

うちはお酒は強くなかった。父だって杯《さかずき》いっぱいで真っ赤になるくらいだった。健三もそうだったらしく、顔が真っ赤になった。片づけをして目を離したすきに、健三はそのまま外へ遊びにいってしまった。夏の満洲は日が暮れるのが遅い。外はまだ明るかった。

突然、すごい泣き声が外から聞こえた。どうもあれは健ちゃんの声だわよと言って、あわてでみんなで出ていこうとしたら、ちょうど、知らない女の人が、健三を抱っこして立っていた。それも、玄関ではなく、勝手口に。

すごく大きな女の人だった。かかしみたいに細くて、見上げるくらい、背が高い。狐目は吊りあがっていて、わたくしたちをにらむように見据えている。

みんなびっくりして、口をきけなかった。

それが李太太との出会いだった。

となりは、胡同を挟んで、広い空き地だった。そのころそこに、空き地からはみ出るくらいいっぱいに、足場丸太が積まれていた。飯場《はんば》が立って、建築現場になっていて、その大工の棟《とう》梁《りょう》の奥さんが李太太だった。旦那さんは李大人《リーターレン》。でも、旦那という意味のジャングイ《掌柜》と呼ぶことのほうが多かった。

李太太は、健三が丸太に登って落っこちたのを、抱っこして連れて帰ってきてくれたのだった。健三の頭にはこぶができ、泣き虫なものだから、いつまでも泣いていた。

わたくしは次の日、学校から帰ると建築現場を見にいった。なにもない空き地だったのに、見ている間にも、どんどん様子が変わっていく。それから毎日、学校から帰るなり玄関にランドセルを投げて、進捗状況を確かめに建築現場を見にいった。

鉄筋を建てて、針金を巻いていく。それからコンクリートを流しこむ。足場は丸太で組み、その足場がゆらゆらするのを見ているのもおもしろかった。

あんまりわたくしが見にいくものだから、李太太がわたくし用の椅子を用意してくれた。わたくしは毎日そこにすわって、ごはんよーと母に呼ばれるまで眺めていた。

ジャングイ《旦那》は太ってよくわらう人だった。李太太はやせていて、にこりともしない人だった。ちょっと見ると怖そうだったが、どうしたわけか、わたくしたちにはとっても優しかった。ジャングイは父がだいすきだった。

わたくしの名前だけ、しらみちゃんと呼ぶのには閉口したが、支那語でひの音は発音しにくいらしい。いくら教えても、ジャングイも李太太もわたくしのことをしらみちゃんと呼んだ。

父が鉄嶺に転勤になって興安大路の家を引っ越し、わたくしが寄宿舎に入ってからのいっときはおつきあいが途絶えていたが、興亜街の社宅に暮らすようになってしばらくして、農耕作業で校外に出たときにばったり李太太に会った。

興安大路で建てていた建物ができあがり、今度は、うちから南にちょっと行ったところに広がる溥儀皇帝の宮廷の建築現場に、飯場を移してきていた。それからまた、ご近所づきあいが再開した。

朝は朝礼の後一斉に、午後は昼休みの後一斉に作業を始めるので、どの組の作業が速いかはだんだんわかってくる。

わたくしたちの組は速いほうだったが、ななめ後ろで作業をしている末広《すえひろ》さんたちの組にはかなわなかった。どうしてあんなに速くできるんだろうと、紙を運ぶときにちらりと様子を窺う。末広さんたちの動きは、挺身隊のお姉さまがたのように迷いがない。さっそくまねてやってみたら、鉄板に肘《ひじ》が当たって、やけどをしてしまった。

「いたた」

思わず声が出てしまい、中野さんが心配する。

「大丈夫?」

「ええ、なんともないわ」

これしきのことで手当てをされることなど、この非常時にありえなかった。また、そんな失敗をするような迂闊《うかつ》な生徒と思われたくなかった。じんじんと痛んだが、わたくしはそのまま作業を続けた。

できあがった原紙は束ねられて、挺身隊のお姉さまがたがどこかへ運んでいった。

あの紙はどこへ行くんだろう。そして、あの紙は一体、なにに使うんだろうと一瞬思ったが、頭を振った。

そんなことを考える暇があったら、もっと作業に集中して、がんばらないと。

尽忠報国。一億一心。

今はわたくしたちの力が求められているんだから。

李太太がやってくるときは、勝手口をとんとんと叩く。李太太はいつも、門に近い玄関からではなく、わざわざその奥の勝手口からやってきた。

そのたびに、李太太だーとみんな喜んで、今日はなにを持ってきてくれたのと、大騒ぎをした。饅頭《マントウ》とか、餃子とか、切糕《チエーゴ》とか。特に切糕は、甘くて、もちもちして、食べだしたら止まらなかった。黄色い粟餅《あわもち》の下には、うずら豆が敷いてある。焼いて、黒砂糖を挟んで食べたら最高だった。

うちで天ぷらやコロッケを作ったときは、逆に李太太のところへお使いにやられた。わたくしと洋子が、お皿の上に布巾をのせて、李太太のところへ持っていく。

旧正月に、満人街の李太太のおうちに招待されたこともあった。

満人街では、爆竹を鳴らしていたり、高脚《たかあし》踊りやこま回しが芸を見せていたりと、それはそれは賑やかだった。

李太太の家の前の通りでは、こどもを連れた物売りが道路脇で火を焚いて、暖を取っていた。そのこどもが、火の上でぼさぼさの頭を掻いては、しらみを落として焼いていた。しらみが音をたてて、ぱちぱちとはぜる。あんなにしらみがいるものかしらとぞっとした。

しらみなんて呼ばれたくないと改めて思った。

ゴンシー《恭喜》、ゴンシー。

洋子と健三が、教えてもらったばかりの支那語で、おめでとうと新年のあいさつを叫ぶ。わたくしははっとして、その声に和した。

姉らしく、わたくしが一番に玄関の扉を開けた。

するといきなり、大きな豚の頭が玄関にでんとあった。びっくり仰天して、わたくしは飛びだして逃げた。みんなわらった。

でも、李太太だけはわらわなかった。むっつりとした顔で、わたくしを追いかけてきてくれた。

しらみちゃん、大丈夫だから、おいで、おいで。

李太太にならしらみちゃんと呼ばれても、まあいいかと思えた。

李太太は見かけによらず、優しい人だった。一緒におはじきをし、紙風船を飛ばして遊んでくれた。

わたくしはそれから、見かけによらずという言葉を聞くたびに、李太太の仏頂面を思いだすようになった。

李太太《リータイタイ》の飯場の苦力《クーリー》たちも優しかった。

春になると、興安大路のどろやなぎの綿毛が、一斉に飛ぶ。

ふわふわで真っ白で、雪のようにきれいだったが、あんまり飛ぶので、鼻が詰まったり、前が見えなくなったりした。

凍りついていた地面から草も生えて、春が来たことがわかる。二重窓の目張りを外し、ガラス窓をひとつ外して、網戸に替える。

興安大路の木陰には、屋台が出るようになる。煎餅《ジエンビン》や切糕《チエーゴ》が売られるようになると、マーチョ《馬車》やヤンチョ《人力車》の車夫たちが集まって賑やかになる。

夏は木陰が涼しくて、李太太の飯場の苦力たちも、お昼がすんだらそこへ行って、おしゃべりしていた。楽しそうで、ただ一緒にすわって、仲間に入れてもらった。やっぱり苦力たちもわたくしをしらみ、しらみと呼んで、かわいがってくれた。一緒にすわっていたら、煎餅や切糕を買って食べさせてくれたり、かぼちゃの種をポケットから出して、分けてくれたりした。ひまわりの種もおいしいが、わたくしは、塩気があって、大きい、かぼちゃの種のほうがすきだった。

屋台は不潔だからと、親には買ってもらったことがなかったので、うれしかった。切糕売りは、一輪車の台の上の大きな切糕に、乾かないようぬれぶきんを掛けている。注文すると、首でも切れそうに大きな、曲がった刃の包丁で切って、売ってくれる。そのぬれぶきんは、たしかに煮しめたような汚い色をしていたが、わたくしはちっとも気にならなかった。苦力のみんなに、味はどうだと訊かれた。

正直に、李太太の切糕のほうがずっとおいしいと答えたら、みんなは大喜びし、膝を打ってわらった。切糕売りもわらって、頭を掻いていた。


その日の作業を終え、興亜街を歩いて戻っていると、李太太とばったり会った。

「吃饭《チーファン》了《レ》吗《マー》」

李太太にごはんを食べたかと訊かれ、ただのあいさつだとはわかっていたが、思わず首を振った。自分から頼んだこととはいえ、豆混じりの日の丸弁当だけではとても足りなかった。

動員作業が始まってから、ずっと会っていなかった。久しぶりに李太太に会えたのがうれしくて、大山さんと森さんのことも忘れ、わらいながら李太太を見上げた。

「李太太、吃饭了吗」

李太太は、問い返したわたくしの頰を大きな両手で包むと、心配そうに覗きこんだ。

「どうしたの、しらみちゃん、やせたわね」

「大丈夫よ。心配ないわ」

「おうちに切糕を届けたから、帰ったらいっぱい食べさせてもらいなさい」

李太太は空のかごを持っていた。

「ありがとう。それから、この前は饅頭をありがとう。おいしかったわ」

わたくしはわらいながらお礼を言ったが、李太太は頷いただけで、にこりともしないで歩いていった。李夫婦が経営する飯場のある、建設中の帝宮とは逆の方向だった。李太太も満人街の家に帰るらしい。

「なんて言ってたの」

大山さんが訊いた。

「わたくしがやせたって。切糕《チエーゴ》をうちに届けてくれた帰りだったみたい。いっぱい食べなさいって言われたわ」

「驚いた。﨑山さんって、満人と友達なの」

森さんが呆れたように言う。

「怖そうな人ね」

「わたくしも最初はそう思ってたの。でも、とってもいい人なのよ。怒ってるわけじゃないの。わらわないだけ。ほら、満人はわらわないから」

「あの人、﨑山さんのこと、しらみちゃんって言った？」

「言ったわよね」

大山さんも森さんもわらう。わたくしもわらった。

「そうなのよ。満人ってね、ひが言えないみたいよ。前に住んでいたおうちのボイラー焚きをしてくれていた蘆《ロー》さんもね、わたくしのことをしらみちゃんって呼ぶわ。今も」

蘆さんも優しくて、肩車をして満人街の家に連れていってくれたこともあった。いたずらでわたくしにむかって石を投げて逃げた子がいて、蘆さんがかわりに謝ってくれたことをなつかしく思いだす。

「せめてしろみちゃんって呼んでほしいわよね」

わたくしが口をとがらせると、二人はわらった。

「切糕ですって。いいわねえ」

「﨑山さんは、満人の友達がいて、いいわね」

「支那語もしゃべれるし」

「五族協和ですもの」

わたくしはまたわらった。李太太の切糕のことを考えただけで、元気が出た。

金太郎飴のように同じ姿をしたわたくしたちの顔は、一様に赤い。

王道楽土のこの大地に、内地から来た人たちがその大きさに驚く夕日が、沈みつつあった。

第二章

雪がちらついていた。

工員に厩《うまや》から曳きだされ、久しぶりの雪に喜んだ馬たちが、尻で押しあっておしくらまんじゅうを始めた。

馬の背からは真っ白な湯気がもうもうと立つ。蹄《ひづめ》が音を立てる地面は凍りつき、春がまだ遠いことを教えてくれる。

一体どんな手を使ったのか、建明《ジェンミン》が満洲国皇帝の新宮廷府の建設などという大それた仕事を請け負って一年、基礎を固めるために地面を深く掘ったところで冬が来た。日本人の監督からは工事を急かされ、満人は漫漫的《マンマンダ》だから仕方がないと呆れられたが、この、どんな大河も草木の一本も逃れられず、すべてのものが凍りつくこの地で、どんなあばらやでも冬に工事をしようという愚か者はいない。

建明がいくら説明してもわかってもらえず、それならこっちはこっちでやるだけだとばかり、建明は冬だというのに飯場を閉めず、工員たちも帰さずに留めておき、工事をしているふりをさせ、手間賃を受け取ることにした。工員はもちろん、資材運びの馬たちも、空荷で跳びはねて喜んでいる。

日本人の監督も、この寒さに見回る気にもなれないのか、だらしのない飯場の様子を咎める者はない。いや、そもそも、本当は、日本人もこの工事を急いでいないのかもしれない。日本人が満人街と呼ぶ旧市街のそばの、今の宮廷府はぼろぼろで、溥儀皇帝《プーイー》は雨漏りを忍んでいらっしゃるらしいのに、日本式の屋根が聳《そび》える関東軍司令部と憲兵隊司令部は真っ先に建築され、続いて国務院、満鉄新京本社や満洲中央銀行などが建てられていった。地平線まで広がる凍土は、まるで大河のような大道路で切り分けられ、忠霊塔や給水塔が立てられ、御影石《みかげいし》造りの高層ビルが立ち並んだ。

満洲国建国から十二年、新京はその首都にふさわしい巨大都市となったというのに、満洲国皇帝とそのご家族は雨漏りのする仮住まいのままだ。国務院と並ぶ地であるここに、広大な宮廷府造営地が確保されており、日本人の観光バスがやってくる観光名所になっていることで、満洲国は満洲国皇帝を軽んじているわけでは決してないと、かろうじてその建前を保っているようだった。

工員たちが空荷の馬を連れて宮廷府の基礎工事にむかう。工員や馬たちにはなんとも楽な一日の始まりだが、工員の食事から身の回りの世話まで任されているわたしには、なにも負担は変わらない。

わたしは、挽《ひ》いた小麦を鉢に出してこねはじめた。前に饅頭《マントウ》を作ったときに取っておいた一部を加えて種にし、なお、こねる。手伝いもいるとはいえ、三十人からいる工員の腹を満たすだけの饅頭を作るには、なにより力がいる。わたしの足は、大地を踏みしめてわたしを支えてくれる。

わたしが生まれ育ったこの地は、かつて長春《チャンチュン》といった。満洲国の首都となった十二年前に、長春は国都新京と名を変えた。

春を待ちわびるこの地にふさわしい名はもう、どこにもない。


纏足《てんそく》に憧れた。

美しい花の刺繡《ししゅう》に飾られた、輝く絹の靴に包まれた足で、そろそろと歩く。まるで穢《けが》れた大地にその足を下ろすことを拒むかのように。

自分の体さえ支えられないという風情は頼りなく、かけがえのないものに思えた。今にもだれかにさらわれてしまいそうで、鍵を掛けた箱にしまっておくべき宝玉のようだった。纏足の母もいつも寝台にすわっていて、父がさも愛おしげに母をみつめていたのをおぼえている。

路地を走り回って遊んでいた友達は、ある日突然姿を消した。一人ずつ、櫛《くし》の目が欠けるようにいなくなって、次に会ったときには、その足はちゃんと折りたたまれて花の刺繡で覆われ、もう二度と大地を走ることはなくなっていた。

わたしは自分の番が回ってくるのを待っていた。けれども、病弱な母に代わって働かなくてはいけない貧しいわたしの家では、それどころではなかった。友達がみんな纏足になって家から出てこなくなっても、わたしだけは天秤棒を担いで水汲みをしていた。

高粱《コーリャン》の粥《かゆ》がやっとの暮らしだったのに、わたしはすくすくと成長した。友達が嫁ぎはじめるころになっても成長が止まらず、いつまでもいつまでも大きくなりつづけるわたしに、親戚たちは怯え、纏足をさせなかったから、あの子はどこまでも大きくなるんだと母を責めた。

やがて親族でだれよりも大きくなったわたしに、謝りながら母は死んだ。

母の纏足の足は、わたしの手の中指ほどしかなかった。

父もやがて亡くなり、こう大きくなっては童养媳《トンヤンシー》の口もみつからないと文句を言っていた親戚の言うなりに、李《リー》 建明《ジェンミン》のところに嫁《い》かされた。

なんの支度も婚礼もなく、着のみ着のままで嫁ぐ童养媳と変わらない結婚で、こんな大女はすぐに帰されると思って嫁いだのに、これからの中国人は大きくないといけないと建明はわらい、自分の背よりもはるかに高いわたしを帰さなかった。

今となっては、纏足をさせてくれなかった母に感謝している。この大きくてたくましい足は、わたしをわたしの思うままに働かせてくれる。

建明とともに働かせてくれる。

一日の作業を終えて戻ってきた建明は、扉を開けるなり匂いをかいで饅頭だねと言うと、いつものように続けた。

「崎山《チーシャン》 先生《シエンセン》のところへ、届けておやり」

「わかってる」

わたしは頷いた。

「健ちゃんがお腹を壊してるんだって」

「そりゃ大変だ。すぐに届けておやり」

わあっとばかり小麦の饅頭に群がる工員たちを横目に、わたしは綿入りの上着を着て手袋をすると、皿に取っておいた饅頭を持って外へ出た。湯気を立てていた蒸したての饅頭が、たちまちに凍りつく。﨑山先生の家の子たちが、いつもいい匂いと目を細める饅頭の甘い匂いも消える。

わたし以上に働き者の建明のおかげで、大きな飯場を構えられるようになり、すきなときに小麦の饅頭なんてごちそうを食べられるようになった。生家で食べていた高粱《コーリャン》の粥や饅頭なんて、もう何年も口にしていない。

国務院の前を通って興亜街を渡り、日本人の官舎の立ち並ぶ一画にある、﨑山先生の家へ行く。塀をめぐって門をくぐると、ガラスのはまった立派な玄関がある。そこを通り過ぎて奥へ行き、石炭投入口の脇のお勝手の戸を叩く。

とんとん、とんとんと、日本式に二回ずつ。日本人はなぜか、扉を二回叩く。

「李太太《リータイタイ》」

扉を開けた﨑山先生の奥さんが、もったいないほどにわらう。日本人は、あきれるほどに惜しげもなく笑顔を振りまく。

「吃饭了吗《チーファンレマー》（ごはん食べた）」

奥さんが中国式にあいさつするところへ、わたしは日本式に言う。

「コンニチハ」

いつものやりとりなのに、奥さんはなにがおかしいのか声まで立ててわらい、日本語でなにか言いながら、わたしを身振りで中に入れる。わたしは饅頭を奥さんに差しだす。

「まあ、謝謝《シエシエ》、謝謝」

奥さんがひとつ覚えの中国語をくりかえして、頭を下げた。奥から制服姿のひろみちゃんが出てきてくれてほっとした。

「健ちゃんはどうなの」

わたしが中国語で訊くと、ひろみちゃんが簡単な中国語で答えた。小さいときからうちの飯場で育ったひろみちゃんは、崎山先生ほどではないが、中国語ができる。

「お粥も食べられなくて、ずっと寝てる。でも、太太の饅頭を食べたら、きっと元気になる」

ひろみちゃんも惜しみなくわらう。奥さんがなにか日本語で言うのを、ひろみちゃんが中国語にしてくれる。

「うちの子たちはあなたの饅頭で育っているから、お腹を壊してもお粥は受けつけない。あなたの饅頭なら食べられる、ですって」

「よかった。いっぱい食べさせなさい」

「李太太だあ」

奥から洋子ちゃんも顔を出し、甘えて抱きついてくる。わたしは洋子ちゃんのおかっぱの頭をぐしゃぐしゃとかきまわした。

「李太太、再見《ザイジエン》（さようなら）」

わたしを見送る三人の顔は一様にわらっていて、その屈託のない笑いぶりはそっくりだ。きっと、生まれたときから親の笑顔を見て育つから、日本人はあんなによくわらうようになるんだろう。

日本人はよくわらう。特に日本人の奥さんは、なにか下心があるのではないかとこちらを警戒させるほどに、よくわらう。その顔にも服にも汚れひとつないきれいな姿でわらいながら、わたしたちをニイヤと呼ぶ。

ニイは中国語であなたという意味だから、彼女たちは中国語だと思って使っているらしいが、ニイヤという中国語はない。日本語かと思って﨑山先生に訊くと、あれはあなたという意味の中国語に、日本語のばあややねえやのやをつけて呼んでいるんだと教えてくれた。

ボイラー焚きでも人力車夫でも切糕《チェーゴ》売りでも誰でも彼でも、わたしたち中国人を見れば、日本人の奥さんは決まってニイヤと呼ぶ。まるでわたしたちには名前などないみたいに。

﨑山先生の奥さんは、わたしたちのことをニイヤとは決して呼ばなかった。

初めて会ったときから、奥さんも、こどもたちも、わたしを李太太と呼んでくれた。

暮れかけた興亜街では、雪がまたちらついていた。

あれは夏の終わりごろだった。

遅い夕暮れに、夕食を終えた工員たちは、夕日に顔を赤く照らしながら、飯場の庭のテーブルでおしゃべりに興じていた。

突然、甲高いこどもの声が響いた。

飯場の隅に積んでいた足場丸太の下に、小さなこどもが倒れて泣き叫んでいる。

日本人の子だ。

工員たちが言う。泣いていても、すぐにわかる。日本人のこどもは、しみひとつなく、継ぎもあたっていない、まっさらな服を着ているからだ。

放っておけと建明《ジエンミン》は言った。日本人に関わったら碌《ろく》なことはないと。

それでもわたしは放っておけなかった。

泣き声に、文望《ウエンワン》を思いだした。

文望みたいじゃないのとわたしは言った。建明はそれ以上、なにも言わなかった。

わたしは泣きじゃくるこどもを抱きあげた。

真っ赤になって涙をこぼすその顔も、小さいころの文望を思いださせる。

あの子も泣き虫だった。

あんなに泣き虫だったのに、英雄となった。

今、腕の中にいる子は、頭に大きなこぶができていた。泣きじゃくりながらも、家を訊ねると、あっちと指差す。わたしたちの飯場の、胡同《フートン》を挟んでむかいの家の子だった。

指差すままに塀をめぐり、門をくぐる。玄関の扉は開かれていたが、中国人が日本人の家の玄関から入ることはできない。こどもが泣きながら指差すのを無視して、勝手口へ回ると、中から家族らしい日本人たちが飛びだしてきた。

崎山先生《チーシャンシエンセン》とその家族だった。わたしは彼らを見下ろした。崎山先生始め、みんなとても小柄で、特に二人の娘たちは、手のひらに包みたいくらい小さくてかわいらしかった。

驚いたことに、崎山先生は中国語ができた。お礼をかねてあいさつをしたいと聞かず、夫婦そろって日本茶を持って飯場に来て、建明とわたしに頭を下げてくれた。

そして、わたしを李奥さんという意味の李太太《リータイタイ》、建明を李大人《リーダーレン》と敬って呼んでくれた。

文望を亡くして一年しか経っていなかった。険しい顔で迎えた建明だったが、たちまち崎山先生に夢中になったのは、建明のほうだった。日本人の中で一番いい人だと褒めちぎる。

旦那《ジャングイ》は日本人なんかとつきあって、日本人は息子さんの仇《かたき》なのにと眉をひそめた工員もいた。仇は仇、崎山先生は別だと建明は言った。

建明は二言目にはそう言う。日本人の仕事をしていることを責める人にも、仕事は仕事だと言い逃れる。

文望に、日本人の仕事を請け負ってるなんてと咎められたときも、建明は、日本人からの依頼でも中国人からの依頼でも、仕事は仕事だと開き直った。

文望は耐えられず、出ていった。建明の言葉にというより、その言葉に表されている、自分が日本人の金で養われているという事実に、文望は耐えられなかったのだ。

今では、建明は、仕事は仕事だと言った後に、溥儀皇帝の宮廷をお造りするというのは、中国人にとって晴れがましい仕事だと重ねる。

まるで自分の心に言い聞かせるように。

嵜山先生の上の娘は、その日以来、学校から帰ると、飯場の隅にしゃがんで、工員たちが働くのを見るようになった。

椅子を用意してやると、ちょこんとすわって、大きな目でじいっと見ている。無口だが利発な子で、こども好きな工員たちに話しかけられた中国語を、少しずつ覚えていく。

なにがおもしろいのか、一日も欠かさずにやってきては、椅子にすわって工事を見上げる。これじゃなまけられないなと工員たちはわらった。監督ができたから安心だと建明もわらった。

椅子からぶらぶらするひろみちゃんの足は、纏足をしているみたいに小さくて可憐《かれん》だった。娘に恵まれなかったわたしには、ひろみちゃんがかわいく思えてしかたがなかった。ときどき姉についてくる、おしゃべりで人なつっこく、あまえんぼうの妹の洋子ちゃんもかわいかった。

嵜山先生の奥さんは、中国料理を習いにうちにやってくるようになった。餃子《ジャオズ》は彼女の得意料理になり、わたしの作る餃子と同じくらいうまく作れるようになった。お礼にと、めずらしい日本料理を作っては、娘二人に持たせてくれる。どれも、贅沢な日本人らしい、口が奢《おご》ってしまいそうで怖くなるくらいに、高価な油を惜しみなく使った料理ばかりだった。それを大きな皿に山盛りにして、いつも、まぶしいくらい真っ白な布巾をかぶせて、小学生の娘二人が届けにくる。飯場の入り口の扉を開けて。

中国よりも早い日本の正月には、家に招いてごちそうをしてくれた。お返しに、中国の正月には、旧市街の家に招いた。そのときも、ひろみちゃんを先頭に、こどもたちは迷わず玄関の扉を開けて入ってきた。

ゴンシー《恭喜》（おめでとう）、ゴンシー。

舌足らずの中国語がかわいくて目を細めていたら、いつもしっかりしているひろみちゃんが、正月祝いの豚の頭に驚いて逃げた。みんなの笑い声を背に、わたしは後を追いかけた。おむかいの家の人も通りにいた物売りの親子も、ひろみちゃんを見ていた。

ふかふかの毛皮のコートを着て、毛皮の帽子をちょこんとかぶり、ぴかぴか光る革の靴を履いた、お姫さまのような女の子。この街にそんなぜいたくな格好をした子はおらず、日本人だとだれが見てもすぐにわかる。

日本人のこどもたちが、こどものくせに礼儀知らずにも玄関の扉を開けて、ずかずかとうちに入ってきたことも、見られていたにちがいない。しらみでいっぱいの破れた綿入れを着た物売りの子は、こちらをじっとみつめていた。

ひろみちゃんをなだめて連れもどり、みんなで新年のごちそうを食べると、こどもたちはおはじきをして遊びはじめた。それが、色とりどりのガラスでできたおはじきで、わたしも建明も目を見張った。誘われて一緒に遊んだが、割れないか心配で、おそるおそる弾いては、洋子ちゃんに叱られた。

ほかにも、きれいな絵が描かれたかるたや、鞠《まり》のようにぽんぽん弾む紙風船で、夜がふけるまで一緒に遊んだ。

翌朝、片づけをしていると、椅子の脚のそばに、おはじきがひとつ落ちていた。朝の光に透けて、きらきらと輝く。

ひろみちゃんたちには黙っていたが、中国のこどもたちもおはじきをする。そして、中国では、小石を拾っておはじきをする。わたしは、こんなに美しいものは見たことがなかった。

通りでしらみを落として焼いていた物売りの子に声をかけ、おはじきをその手に握らせた。日に透かして見て、物売りの子はわあっとわらった。日に灼《や》け、垢《あか》ずんで汚れてはいても、ほつれた髪からのぞくその顔は、ひろみちゃんや洋子ちゃんと同じ、おはじきのすきな女の子の顔だった。


半年以上続く長い冬が過ぎると、凍りついていた地面がゆるみ、それを突き破って草が生えてくる。そして、一斉に花が咲いて春となり、花がしぼんで夏となる。長春といいながら、あっけないほどに春は短い。厳しい冬の後に訪れる春が、少しでも長いことを願う名だった。

地面が溶けると工事が再開する。地面がゆるんでいる間に一年分の仕事をこなさなくてはならず、現場は大忙しだ。工員も余計に雇い、飯場も一年で一番賑わう季節を迎えていた。

夕食を用意すると、建明《ジェンミン》と手伝いの子を置いて、わたしは飯場を出た。この忙しい時期、片づけもしないで先に帰るのは訳がある。建明もわかっていて見送ってくれた。

興亜街を通り、籠いっぱいの饅頭《マントウ》を﨑山先生の家に届ける。洋子ちゃんと健ちゃんは飛びだして抱きついてきてくれたが、ひろみちゃんはまだ帰ってなかった。このごろ、ひろみちゃんは帰りが遅く、いつ来てもいない。奥さんが身振りでまだ学校だと教えてくれる。

﨑山先生の家を後にすると、一度も乗ったことのない電車の走る興亜街を北へ歩く。右手には西公園という、新京一の公園がある。遼陽《リャオヤン》や瀋陽《シェンヤン》でロシアと戦った日本の軍人を記念する像が建てられ、今は児玉公園と呼ばれている。

公園の横をゆっくりと歩く。敷島高等女学校の女生徒たちとすれちがうたびに、太くて長いおさげを目当てに探すが、ひろみちゃんの姿はない。

毎日飯場に通ってくれたひろみちゃんがかわいくてしかたがなかった。小学校の卒業と同時に、ちょうど﨑山先生が栄転で、鉄嶺《ティエリン》の協和会の事務長になることになり、引っ越していってしまったときは悲しかった。いつかひろみちゃんと洋子ちゃんに、その小さな足にぴったりの靴を作ってあげようと思っていたが、引越しが急すぎて、それも叶わなかった。

建明はときどき、仕事帰りの﨑山先生と話しこんでいた。なんでも、﨑山先生は、ただ人徳があるだけではなく、撫順《フーシュン》炭鉱の労務課に勤めていたときに、中国人炭坑夫の待遇改善を求めて左遷され、結局職を失って、それで長春にやってきた人なのだという。山東《シャンドン》省から労働者を集めてくる中国人業者がいて、炭鉱では劣悪な環境で低賃金で働かされ、ふるさとを見ないまま亡くなって、炭鉱の周りに埋められていたんだと話した﨑山先生は、中国人炭坑夫のことを思って泣いてくれたという。うちの飯場にも山東省から来た人は多かった。

空っぽになった家には、すぐに別の日本人の家族が越してきた。健ちゃんくらいのこどもがいたので、思わず話しかけたら、泣いて逃げていってしまった。

やがて興安大路の建築工事も終わり、わたしたちも飯場を閉め、次の工事現場の帝宮の建築現場に飯場を移した。日本人と関わることはなくなった。

それが、去年の夏の昼下がり、帝宮の飯場を出たところで、突然、名前を呼ばれた。ふりかえると、日本人女学校の体操服を着た女生徒たちの列が見えた。その列から、ひときわ小柄な女の子が、鍬を振りながらわたしの名前を呼んでいた。

ひろみちゃんだった。李太太、好久不见《ハオジウブウジエン》（久しぶり）、吃饭了吗《チーフアンレマー》と、あたりを憚《はばか》ることもなく中国語を響かせながら、わたしに駆け寄ってきた。周りの女の子たちが驚いて眉をひそめるが、ひろみちゃんは気にしない。

訊くと、目と鼻の先の興亜街の官舎に一家で戻ってきたのだといい、今日は学徒動員で、帝宮建設現場の周りの芋畑を耕しに来たとわらう。

かつて長春高等女学校と呼ばれていたこの学校は、長春一の名門日本人女学校だった。中国人には仰ぎ見るしかない学校だ。その女学校の生徒が芋畑の開墾《かいこん》とは、日本の窮状《きゅうじょう》に驚いた。日本が、中国だけでなく、アメリカやほかの国とも戦争を始めたとは聞いていたが、女学校の生徒に芋を作らせるほどに追いつめられているとは思ってもいなかった。

ともあれ、それからまた、﨑山先生一家とのつきあいが再開した。戦争は激しくなり、日本人もよほど生活に困っているらしい。帝宮建設現場だけでなく、あちこちの空き地が日本人の生徒たちによって耕され、どんどん芋やかぼちゃの畑になっていった。

彼らはいつも列を組んで、勇ましい歌を歌いながらやってきた。ひろみちゃんと会うこともあったが、小柄なひろみちゃんには鍬が大きく、重たそうで、かわいそうでならなかった。

冬になると畑も耕すことができなくなり、ひろみちゃんたちも来なくなった。学徒動員はとても厳しいらしく、﨑山先生の家に差し入れにいっても、ひろみちゃんに会えない。たまに訪ねてきてくれた姿は、やせてやつれているように見える。電車通学もぜいたくだと許されなくなり、女学校までは歩いて通っているという。

ひろみちゃんに会えない日が続くと心配で、わたしは饅頭やひろみちゃんの好物の切糕《チエーゴ》を作っては届けにいった。ひろみちゃんは、切糕売りの切糕より、わたしの切糕のほうがおいしいと言ってくれる。家に帰る途中で、下校するひろみちゃんに行きあうのを楽しみに、わたしは早めに飯場を出るようになった。

今日も、ひろみちゃんに会えるかと思いながら、ゆっくりと家路を辿ったが、ひろみちゃんの動員作業は長引いているらしい。女学校校舎の前まで来ても、結局ひろみちゃんには会えなかった。

校舎のむかい側の新京神社の鳥居を、頭を下げて通り過ぎる。ビルのようにそびえ立つこの鳥居の前では、必ずおじぎをしないといけなかった。通り過ぎたところで、こらっという声が聞こえてびくりとした。

警察官が、天秤棒を担いだ男をどなりつけている。笠をかぶったまま、鳥居の前を通り過ぎたらしい。あわてて男は重そうな荷を下ろし、笠を取って地べたに伏せた。

そこまでしなくてもと思うが、満洲には暫行懲治盗匪法《ざんこうちょうちとうひほう》という法律があった。警察官や兵士が相手を盗匪と認めたら、その場の判断で撃ち殺しても斬り殺してもいいというものだ。わたしもずいぶん前に、興安大路で人力車の車夫が運賃を払ってもらえず、憲兵に殴られているのを見たことがある。憲兵と赤く染め抜いた腕章が、中国人にはなによりも怖い。

天秤棒を担いでいた男は、まだ地面に蹲《うずくま》ったままだ。警察官は、男のへりくだった態度に満足したのか、日本語でなにやら叱っただけですませた。馬鹿野郎という言葉だけが聞き取れる。中国人が最初に覚える日本語は大抵、こらと馬鹿野郎だった。覚えるつもりがなくっても、この町で暮らしていると、あっちからもこっちからも聞こえてくる。

文望《ウェンワン》も、暫行懲治盗匪法によって殺された。

命とひきかえに生んだ子だった。

大変な難産で、なんとか生み落としたが、出血がひどく、もう二度と子は生めないと産婆《さんば》に言われた。わたしは長い間寝込んで、乳もやれなかった。大枚を払って建明《ジェンミン》が乳母を雇ってくれて、文望は命をつないだ。

ひ弱で泣き虫な子だったが、長じるとともに建明の工事現場を手伝い、馬の面倒もよく見る、優しくてたくましい子に育った。跡取りにと期待していたが、日本のこの地への進出は激しくなる一方で、抗日運動が始まり、軍閥の争いもあって、なんだか世の中が落ち着かなくなった。

ある日、満洲軍閥の指導者の張作霖《チャンズオリン》が、瀋陽の町外れで列車ごと吹き飛ばされて殺された。満洲軍閥同士の争いだとされたけれども、中国人は誰一人そんなでっちあげを信じなかった。関東軍が守っている満洲鉄道の線路を、それも張作霖が乗った防弾の列車が通るのに合わせて爆破するなんて、そんな大それたことが中国人にできるわけがない。

事件後、張作霖の息子の張学良《チャンシウリャン》が国民政府と一緒になった。中国人同士でいがみあっている場合ではないと、掲げる旗を国民党の青天白日旗に変える易幟《えきし》を行ったのだ。中国人はみんな感極まって泣いた。

文望は十七歳だった。なにも知らなかったわたしに時勢を教えてくれるようになり、我々中国人は日本に搾取されていると言うようになった。

この町で、肉体労働をしているのは中国人ばかり。中国人の地に、日本人が大手を振って暮らしていて、我々中国人をニイヤと呼ぶ。

文望の言うことはもっともだった。

文望は、建明に、日本人の仕事を請け負うのをやめてくれと言いだした。建明と文望が言い争うことが増えた。といっても、穏やかな建明はただ、文望の言うことを聞いて、日本人からの仕事でも中国人からの仕事でも、仕事は仕事だと言うばかりだった。

ある日、わたしはとうとう、文望に我慢ができなくなった。

なんで中国人なのに、日本人の仕事を請け負うんだと、幾度となくくりかえす問いを、また文望が建明にぶつけたときだった。

おまえのためだったんだよ。

わたしはうつむく建明をかばうように立って、文望に言っていた。

おまえは難産で生まれた。わたしは乳が出ず、寝込んでしまった。乳母を雇う金も手伝いを雇う金もなかった。だから建明は割のいい日本人の仕事を請け負うようになったんだよと。

そして、今となってはもう、日本人の仕事を請け負わないでは、飯場を続けていけなかった。この町で暮らす以上、多かれ少なかれ、日本人に関わらないではいられないというだけではない。建明には、雇った多くの工員たちの生活を支えていく責任があった。小麦の饅頭に大喜びしてくれる工員たちはいずれも農村から出てきていた。

どうやるのが我々中国人同士のためになるのか。わたしも考えているんだ。

建明はささやくように言った。

文望は悩んだ末に、家を出ていった。

人づてに聞いた話では、馬に乗るのに長けた文望は、中国東北軍に参加し、長春の南の南嶺《ナンリン》兵営にいるということだった。

同じ長春だ、いつかまた会えるよと、建明はわたしを慰めてくれた。

奉天《フォンテエン》と呼ばれるようになった瀋陽の北の柳条湖《リティアオフー》でまた、満洲鉄道が爆破され、それをきっかけに中国東北軍と関東軍の戦いが始まったあくる日の、まだ夜明け前、長春の南の南嶺と北の寛城子《クアンチエンズ》を、関東軍が奇襲した。

数では勝っていたそうだが、夜明け前の突然の兵営爆破、突入という奇襲になすすべもなく、兵士たちは兵営を捨てて逃げたという。この奇襲攻撃で、南嶺兵営では三百人もの中国兵士が死に、死体が山となっているという。

文望は二十歳だった。その後の行方はわからなかった。わたしと建明はこの日九月十九日を文望の命日として祀った。

その年のうちには瀋陽、長春に続いてチチハル、次の年にはハルビンも落とされ、満洲は関東軍によって制圧された。三月には清朝最後の溥儀皇帝の満洲国となり、南嶺で建国式典が開かれ、長春は国都新京となった。

そして、その年の九月には、暫行懲治盗匪法が制定された。南嶺と寛城子には、関東軍が大きな犠牲を払って中国軍を制圧したと、巨大な忠霊塔が立てられた。

それでも、わたしたちはこの地を離れられなかった。この地は、あの子が血をもって守ろうとした場所だった。建明はこの地を新京とは決して呼ばなかった。

それに、ここにいれば、いつかあの子が帰ってくるかもしれない。死に目を見ていないわたしたちは、あの子が今日にもひょっこり帰ってくるように思いながら、日々を重ねていった。

日本に帰順した満洲では、中国軍がいなくなり、大きな抵抗運動もなりをひそめたが、満洲の南では、あいかわらず中国軍が抵抗を続けていた。やがて、北京郊外の盧溝橋《ルーグオチャオ》で戦争が始まり、日本と中国の全面戦争となった。北京《ペイジン》や武漢《ウーハン》、重慶《チョンチン》はひどい空襲を受け、なすすべもないらしい。国民政府の首都南京が落とされてからは、空襲に悩まされ、蔣介石《ジャンジエシー》は武漢へ、次いで重慶へと、中国の奥へ奥へと首都を移転させているという。

日本人がそれほど猛烈に攻めてきていることが信じられなかった。満洲の地だけでも果てしなく広いのに、華北華中華南はより広大だった。中国人の数だって、小さな島国の日本人の数とはくらべものにならない。併合して日本人になった朝鮮人を足したって、全然足りない。日本人みんなでやってきても、中国を治めきれるとは思えない。

それとも、日本人は、狭い日本を捨てて、みんなで中国に移り住むつもりなんだろうか。不思議でしかたないわたしがそう言うと、建明はわらった。

てっきり死んだと思っていた文望《ウエンワン》が、ひょっこり帰ってきたのは、それから七年も経ってからだった。

髭をはやし、わたし譲りの大きな体は、見違えるほどにたくましくなっていたが、家を出ていったときの猛々しさは影をひそめ、昔のような柔和《にゅうわ》な笑顔を見せてくれた。

関東軍による南嶺の奇襲攻撃を辛くも逃れ、吉林《ジーリン》の山で野営しながら転々として、抗日活動を行っているという。

日本人は、開拓と称して、中国人の村から中国人を追いだし、田畑を奪い、その家には日本人や朝鮮人が移り住んでいる。吉林の奥の奥、長白《チャンバイ》山脈の麓の村までも、もう日本人に占領されてしまっている。日本人はぼくたちのことを盗匪だとか匪賊だとか言うが、どっちが匪賊なんだか。

文望は歯噛みして言った。

建明《ジェンミン》もわたしもただ、頷いた。そういう日本人開拓民は村を盗んだということで、屯賊《ドンゼイ》と呼ばれていた。うちの飯場にも、鉄砲で脅されて村を追いだされたり、ひどく安い代金で無理に買い取られて田畑も家も失ったりして、この新京に流れついてきた人たちが働いていた。

今では、父さんと母さんの気持ちがわかるよ。我々中国人を助けるにも、武器を取って戦うだけでなく、ほかのやり方もあるんだって。でも、日本人から利益を得てこうして暮らしている以上、いつか日本人が負けてこの地を去った後、父さんたちが大変な思いをすることになるのは目に見えている。そのとき、ぼくは父さんと母さんを守ってあげられない。

文望は泣いていた。

開拓と言いながら、日本人はみな、武装している。攻撃のたびに、仲間が死ぬ。ぼくもそのうちきっと死ぬ。

夜が明ける前に、文望は出ていった。

行くなとも、帰っておいでとも、言えなかった。

でも、あのとき、行くなと言えばよかった。あの子を引きとめて、建明と二人がかりで押さえつけて、部屋に閉じこめてでも、あの子を行かせなければよかった。そうしておけば、あの子を永遠に失うことはなかったのに。

それから一年もしないうちに、文望は吉林省樺甸《ホワデエン》の奥にあった日本の木材集積所を襲って、関東軍と戦いになり、死んだ。

人づてに聞いた話では、木材集積所は関東軍が守っておらず、襲撃によってあっけなく鎮圧されて、厳冬期にひどい環境で働かされていた中国人労働者たちを解放することができたそうだ。ところがまもなく、知らせを聞いて樺甸から駆けつけた関東軍と三叉路で鉢合わせして、数と兵力に勝る関東軍に皆殺しにされてしまったという。

戦いがあった大樺樹屯《ダーホワシュードン》には、この戦闘で死んだ、一人の日本人兵士を顕彰する碑が建てられ、今では日本人開拓民の村ができているらしい。

碑こそ建つことはなかったが、文望は抗日ゲリラの英雄となった。

あの夜、あの子は、わたしたちに止めてほしかったのかもしれない。

わたしは思った。

相手が日本人だとはいえ、人殺しをしなくてはいけない自分を。

だからこそ、あの夜、危険を冒してまで、あの子はわたしたちのもとにわざわざ帰ってきたのかもしれない。

今となっては、もうわからない。

暫行懲治盗匪法によって処分された死体の多くは、その場に埋められるという。あの子が死んだという樺甸の奥の大樺樹屯まではとても行けない。

南嶺の忠霊塔を、わたしたちは文望の墓碑だと思って見上げることにした。

その年の秋だった。

旧市街の一角でペストが発生した。

三ヵ月前から、新京から北に五十キロしか離れていない農安《ノンアン》で、なぜか突然にペストが発生していたことは聞いていた。農安は封鎖されたが、新京でも発生してしまったのだ。

ペストはねずみが運んでいるらしい。感染したねずみの血を吸った蚤《のみ》を介して、人間にも感染するという。いったんペストにかかったら、高熱を発し、皮膚が真っ黒にひからび、ミイラのようになって死ぬということで、大騒ぎになった。

ペストが発生した地区は封鎖され、立ち入りも通行も禁じられた。患者が病院に搬送された後は、家財道具のひとつ、衣服の一枚も持ちだすことが許されず、中国人の住人は丸裸にされて追いだされたらしい。周囲にはねずみの一匹も逃げださないよう土塀が築かれ、発生地区一帯は焼き払われた。黒い煙が何日もの間、上がりつづけた。

わたしも一度だけ、頭から足の先まで真っ白い姿をし、背中に大きな荷物を背負った人たちを見かけたことがあった。関東軍の臨時ペスト防疫隊の隊員たちだということだった。彼らは普段から防疫給水の任務についているため、こういった緊急対応に慣れていて、防毒マスクを着け、消毒薬を噴霧するポンプを背負っているのだという。

迷わず塀の中に入っていくその背中を、ペスト患者を救いだす救世主として頼もしく見ながらも、その白ずくめの姿はこの町ではついぞ見たことのない異様さで、なんだか不気味に思えた。

ペストは空気感染もするということで、五十万人もの新京市民は恐怖に慄《おのの》いた。マスクの着用と予防接種が義務付けられ、検問まで実施されたため、接種証明書を持ち歩かないといけなくなった。けれども、中国人は貧しく、たいていの人は高価なマスクを買うことはもちろん、マスクにする布を用意することすらできなかった。わたしたちは検問を避けて行き来するしかなかった。

それでも、その年の終わりにはやっと収束したが、二十八人が犠牲になった。満人が不潔だからペストが発生したと言われたが、患者の半分は日本人で、しかも満鉄病院の裏の家畜病院から発生したことが、しばらくしてわかった。

農安の住民が飼い犬を新京の家畜病院に連れてきたことから、犬についていた蚤のせいで新京でもペストが発生したのだった。農安のペスト禍は新京よりもひどく、収まるまでに三百人もの人が亡くなったという。

不思議だったのは、同じころ、遠く離れた上海《シャンハイ》の南の寧波《ニンブォ》でもペストが発生したことだった。ちょうど日本軍の攻撃のあったときで、空襲もあったという。一帯は汚染地域として封鎖され、百人以上が亡くなったということだった。

この寧波のペスト禍の後から、突然の単発的なペスト発生には、日本軍が関わっているのではないかという噂が、中国人の間で流れるようになった。

その前後の浙江《ジェジャン》省と江西《ジャンシー》省への日本軍の攻撃のときにも戦闘地域でペストとコレラが大発生したということもあって、ますますその疑いは強くなった。

とはいえ、病気は敵味方を区別しない。進軍した日本軍兵士も感染し、たくさん死んでいるということだったから、日本が偽札を製造して中国でばら撒いているとか、阿片《アヘン》をモンゴルで栽培して密売し、満洲国の財源としているとかいった、日本憎しのあまりによく聞く、単なる噂に過ぎないのかもしれない。

幸い、その後、新京がペスト禍に見舞われることはなかった。

ひろみちゃんたちと出会ったのはその後だったから、ひろみちゃんたちのマスク姿は見ていない。きれい好きな奥さんのことだから、きっと、アイロンをかけた真っ白なマスクを家族にさせていたことだろう。

八月の早朝、新京の町にサイレンの音が鳴り響いた。

日本が中立条約を結んだから安心だと油断していたソ連が、満洲に攻めこんできたのだ。

先月ごろから、日本は降伏するのではないかという噂は中国人の間に流れていた。けれども、ソ連が攻めこんでくるとは聞いていなかった。

わたしはいつも通りに飯場への道を辿ったが、新京の街は一変していた。大きな荷物を持った日本人が、我先にと駅にむかっている。あちこちの店や家では荷造りをしているようで、日本人は汗だくになって働いている。

民間人を置いて、軍や政府関係者が真っ先に逃げていったということだった。

崎山先生も協和会の偉い人だったから、とっくに帰国しただろう。駅にむかう道は日本人でごった返していた。帰国するのは仕方がないとはいえ、わたしたちに一言のあいさつもなく、去られたことがつらかった。いつも笑顔で迎えてくれた興亜街の家にも、だれもいない空っぽの家を見たくなくて、行かなかった。

ところが、二日後の夜更け、﨑山先生と奥さんが突然、飯場に訪ねてきてくれた。

「まだ帰ってなかったんですか」

わたしも建明も驚いた。

「明日帰ります。あなたたちにお別れを言いにきました。これまでお世話になって、本当にありがとうございました」

﨑山先生と奥さんは、わたしたちに深く頭を下げてくれた。

「こどもたちはあなたたちとの別れを悲しんで泣くでしょうから、置いてきました」

そう言う﨑山先生も奥さんも涙ぐんでいた。

「それで、帰国にあたり、これを預かっていただけないかと思いまして、持ってきました」

運んできた柳行李《やなぎごうり》二つには、高価な日本の着物や防寒着、それに食器や調理道具がぎっしりと詰まっていた。

「二度と戻れないとは思いますが、列車は止まっていますし、もしかしたら帰国できずに戻ってくるかもしれません。そのときまで預かっていただけますか」

建明は大きく頷いた。わたしたちを信頼して預けてくれたことがうれしかった。

「もちろんです。どうぞなにも心配しないでください」

「無事に帰れますように祈っています」

暗闇の中に二人の背中はすぐに消えた。

わたしたちが日本人と親しくしていることを知られないようにするため、こんな夜更けに訪ねてきてくれたのだと、そのとき気づいた。

数日後、日本が無条件降伏した。

ずっとしまっていた青天白日旗を出し、家と飯場に掲げた。掲げていないと、これからやってくる中国軍に目をつけられるという話で、市場では高値がつき、それが飛ぶように売れているという。逆に満洲国の新五色旗は持っているだけで大変なことになると言われ、かまどで焚きつけにして燃やした。

五族協和の象徴として、朝ごとに掲げた旗だった。五つの色が火に食われて消えていき、しまいにはひと色の灰になった。

満洲国はなくなった。

文望が出ていってから、南嶺の奇襲攻撃の後にできた国だから、わずか十三年しか続かなかった。

満洲国軍の中国人兵たちは、旧市街のそばで関東軍に対して蜂起した。

灰にしても、うちが新五色旗を掲げていた事実は消しようがない。物騒なので飯場に泊まることにし、工員たちと夕食を共にした。

ゆっくりと沈む夕日を眺めながら、﨑山先生たちはどこまで逃げたろうと思った。

荷馬車《ターチョ》を雇っての道とはいえ、もう瀋陽までは着いただろうか。

またしても突然だった別れに、ひろみちゃんと洋子ちゃんに靴を縫ってやれなかった。それが心残りといえば心残りだったが、とにかく、無事に帰国できればなんでもいいと思った。あちこちで日本人が襲われているということで、﨑山先生たちの行く末も案じられてならなかった。

国都新京とされたこの街も、長春に戻った。

春を待ちわびる地。なかなか日が沈まない夏の夕暮れに、はるか遠い春を思う。

これまでは決して掲げることのできなかった青天白日旗が夕風にはためく。児玉公園のあたりではまだ戦いが続いているらしい。そのうち児玉公園も元の西公園に戻るのだろう。この街はすっかり変わってしまったが、夕日だけは変わらなかった。

「回来了《フェイライラー》（帰ってきた）、回来了！」

突然、工員たちが叫んだ。

「太太《タイタイ》、太太！」

工員たちが、茶碗と箸を持ったままわたしを呼ぶ。

夕日を正面から浴びて、荷馬車の列がやってくる。先頭の荷馬車から顔を出しているのは﨑山先生と奥さんだ。ひろみちゃんたちも一緒だ。

「﨑山先生！」

工員たちと一緒に飛びだして迎えた。無事だったことにほっとして、涙があふれる。

「回来了呀《フェイライラーヤ》（帰ってきたよ）！」

崎山先生たちは逃げきれなかったのだ。街から離れると中国人が襲ってきて、とても進めなかったと馭者の中国人がまくしたてる。

「日本人なんかに関わるんじゃなかった」

「捕まったらおれたちまでひどい目に遭っていた」

もう夕食どころではなかった。飯場の工員たちがその言葉を真剣に聞く。それは、間もなく訪れる自分たちの身の上でもあった。郷里を追われて行くあてもない工員たちは、怨み骨髄であるはずの日本のために、ここで働いていた。顔を見合わせた工員たちはもう、だれもわらっていなかった。

崎山先生は馭者をなだめ、ひとまず興亜街の家に戻ると言って去った。

日が暮れてから、日本人の家には行きたくないと渋る工員に、わたしは駄賃を弾んで無理にリヤカーを曳かせ、ありあわせのじゃがいもを炒めた炒土豆丝《チャオトドスー》と饅頭を持って、崎山先生の家に行った。日本人官吏が住んでいたこの一画だけは、青天白日旗が出ていない。

「太太、馬鹿正直に返しにいくことなんかないですよ。日本鬼子《リーベングエズ》はおれたちの物を奪って暮らしていたんだから、これだってみんな、おれたちの物ですよ」

山東省訛りの強い工員をなだめながら、人気のない道を行き、いつものように、勝手口を、とんとん、とんとんと叩く。

訝しげに扉を開けた奥さんに、饅頭と炒土豆丝の皿を渡した。それから、工員に、預かっていた柳行李二つを運びこませた。

「まあ」

いつもなら惜しみなくわらってくれる奥さんが、ぽろぽろと涙をこぼして泣いた。

満洲国軍の武装蜂起は二日ほどで関東軍に鎮圧されたが、それからは完全な無政府状態となった。まだ死体が転がっているというので、家に戻らず、飯場で工員たちと寝起きした。満洲国や日本に協力していた中国人は親日と呼ばれるようになり、親日への批判や迫害が始まった。中国軍がやってきたら、親日は処刑されるとも言われた。

宮廷府造営工事は止まった。日本人監督も技術者もいなくなった。深く深く掘った基礎工事の終わりがやっと見えはじめ、土台が地上に顔を出したところだった。

「とうとうこの日がやってきたな」

建明は覚悟していた。黙々と未払い分の工事代金の請求を行い、工員たちと飯場を片づけていく。日本人の工事関係者は帰国し、結局、未払い分の工事代金も全額は支払ってもらえなかった。それも予期していたらしく、工事現場や飯場の資材を処分することで代金に充て、工員たちに賃金を支払うという。

ソ連兵がやってくる前に、汗じみた国民服やモンペ姿のみすぼらしい格好をした人たちが群れをなして、ぞくぞくと長春に入ってきた。いずれも背に赤ん坊をくくりつけ、大きな荷物を背負っている。格好から日本人とはわかったが、長春に住む日本人と同じ日本人とはとても思えなかった。開拓団村を逃げだしてきた開拓団員たちだった。市場では、片言の中国語も交えて、手持ちのものを売る日本人も目につくようになった。

一方で、長春に残った日本人目当ての豆腐売りや菓子売りもあいかわらず商売を続けていた。建明も今では日本式の豆腐やコロッケがだいすきだったが、わたしはその前を通り過ぎた。なるだけ日本人に関わらないように気をつけていた。だれが見ているかわからない。

飯場の食事用の野菜を籠一杯に買って帰ろうとしたとき、後ろで鋭い声がした。

「親日《チンリー》狗子《ゴォズ》！」

思わずふりかえったら、近所の若い顔見知りの男がわたしをぎんとにらみつけ、地面にぺっと唾を吐いた。

前のわたしだったらどなりつけていたかもしれない。けれども今は、あっちでもこっちでも青天白日旗がはためいているのだ。わたしは気づいていないふりをして、足を早めた。

新京に逃げてきた開拓団員のうち、服を着ている人たちはまだ恵まれたほうだった。中国人に襲われて、途中で身ぐるみ剝がされたらしく、男も女も麻袋ひとつをかぶった人たちが、道端にすわりこんで、虚ろな目で行き交う人を眺めていた。けがをして杖にすがっている人や、横たわったまま動かない人もいた。

思わず声を掛けそうになって、怯む。ついさっき、親日だと唾を吐かれたばかりだった。だれか見ているかもしれない。

逡巡しているわたしの前を、真っ白な豆腐を買って、真っ白な布巾を掛けた籠を提げて、日本人の奥さんが通り過ぎていった。

同じ日本人なのに助けあわないことに驚きながら、格好よく帯を締めた背中を見送った。これから冬が来たら、あの日本人たちはどうなるんだろう。日本人の奥さんだって、ずっとこの街に住んでいるなら、わかっているはずなのに。麻袋だけで長春の冬を越すことなんて、できるわけがないことくらい。

とはいえ、わたしも人目を避け、麻袋ひとつをまとった日本人たちをそのままに、立ち去った。

崎山先生《チーシャンシエンセン》は先に逃げた協和会関係者に給料を渡すため、家族を置いて安東《アンドン》へ出かけることになった。後を頼みますとあいさつに来たとき、建明は初めて、これからソ連軍がやってくるというのに、家族を置いていくとは何事ですかと崎山先生に抗った。

中国人にとって家族はなによりも大事で、特にこどもをなんとしても生かしてやろうとする。それなのに日本人は、家族よりも仕事を優先したり、みすみす不幸にするくらいならと親が子を手にかけたりする。

開拓民が逃げた後には、中国人やソ連兵に殺されるくらいなら親の手でと殺されたり、死に切れないで泣いている赤ん坊が残されていたりするという。どんなに着るものに困っても、日本人の親は赤ん坊におむつをさせるから、日本人の赤ん坊だとすぐにわかるらしい。

建明とわたしとで引きとめたが、結局、﨑山先生も妻子を置いて、安東へ行ってしまった。ソ連軍が新京にやってきたのは、その直後だった。ソ連兵が手当たり次第に暴行を働くものだから、みんな家に閉じこもるようになった。ソ連兵の暴虐に怯え、日本人の女性は髪を切って男のふりをするようになった。

﨑山先生の家の心配をして訪ねてみると、見慣れない少年が飛びだしてきた。

「李太太」

わたしを呼ぶ声と笑顔は、まぎれもなくひろみちゃんだった。ひろみちゃんも坊主頭になっていたのだ。

みんな同じ女学生の制服姿の中で、いつも目当てにして探していた、ひろみちゃんの黒くてたっぷりしたおさげは、消えてなくなっていた。

「わたしは平気よ」

頭をなでるわたしに、いつものようにわらって見せるひろみちゃんがいじらしかった。

﨑山先生が安東から戻ったら、一家は日本へ帰ってしまう。わたしはひろみちゃんと洋子ちゃんに、ずっと縫ってあげたいと思っていた靴を縫うことにした。まずは足の寸法を取らないといけない。ひろみちゃんと洋子ちゃんは大喜びして、その小さな足を差しだしてきた。

朝起きるたびに、一人、また一人と工員は減っていった。無理もなかった。この飯場にいることで、どんな災いが降りかかるかわからない。

満洲国政府の工事に関わっていたことを知られずに、帰るところがある人たちはいい。ただの小さな田舎町だった長春で生まれ育ったわたしも建明も、変わり果てたこの街のほかに行くところはなかった。

次の仕事のあてもなかった。わずかに残った工員にも食わせないといけない。建明はその算段のためか、あちこち出歩くようになった。それでも、満洲国政府のもとで働いていたことが仇となって、どこも工事をまかせてくれない。

すっかり寂しくなった飯場で、わたしの仕事は減った。ぼくだって饅頭くらいなら作れるからと、建明には、飯場に来なくていいよと言われた。

わたしは作りかけの布靴を持って、久しぶりに家に帰ることにした。取った足型通りに切った綿布を十枚も重ねて、のりで固め、麻糸で細かく刺して、底を作っているところだった。長持ちするよう丈夫にしたいから、もっともっと刺さないといけない。

城内に入り、通い慣れた道を行って、わたしは自分の目を疑った。

わたしと建明の家の塀には、墨で黒々と、親日狗子と書かれていた。

塀の前に突っ立ったまま、どうしたらいいかわからなかった。

後ろでわたしをにらんで、唾を吐く人がいる。

近所の人も行き交う人もみんな、自分を見ている。

物売りの連れている子も、わたしをじっとみつめている。わたしのあげたガラスのおはじきを、投げつけてくる。

わたしは逃げだした。


気がつくと、わたしは市場を歩いていた。小盗児《ショートル》市場という、泥棒に入られたら、ここに来れば必ず盗まれたものがみつかるといわれる市場だ。﨑山先生の家に泥棒が入ったときも、ここで先生の革靴が売られていたという。ひったくりもしょっちゅうで、盗られたら、金を払って買い戻すしかない。

甘ったるい匂いが鼻をついた。

路地の先は阿片窟だった。眠っているのか死んでいるのか、阿片患者が路地の入り口に横たわっている。その恍惚とした顔にはなんの悲しみも不安もなかった。

一度だけと思った。

今だけでいいから、なにもかも忘れてしまいたいと思った。

わたしは、横たわる阿片患者を跨いで、路地に入った。

きらきら光っている。

手をのばして、光を摑もうとするけれど、届かない。

わたしは目を細めた。

おはじきだった。

ガラスのおはじきが、いっぱい。いっぱい。

みんなきらきら光っている。


夜が明けた。

毎日、毎日、夜が明ける前に起きて、飯場で働いていた自分が、信じられなかった。

今は、目に見えるものすべてが、横たわっている。簞笥《たんす》も、扉も、額に入った文望《ウエンワン》の写真も。

「目が覚めたかい」

入ってきた建明《ジエンミン》も、横たわったまま、話しかけてくる。

「今日は調子がよさそうだね」

建明に抱き起こされて、すべてのものが起きあがった。してみると、横たわっていたのはわたしのほうだった。

「靴」

わたしが言うと、建明が、縫いかけの靴を入れた籠を持ってきてくれた。

「まずはなにか食べようね」

建明のすすめるまま、寝台で食事を取る。後片づけは建明にまかせて、わたしは靴を縫った。底は刺し終わり、繻子《しゅす》の生地に花を刺繍していく。

「李太太《リータイタイ》」

表がにぎやかになって、ひろみちゃんと洋子ちゃんが駆けこんできた。町中でソ連兵がうろうろしているからと、ひろみちゃんは男の格好をしている。わたしが縫うひと針ひと針を、二人はじっとみつめる。

ひろみちゃんには真っ黒な繻子に牡丹《ぼたん》の花。洋子ちゃんには真っ赤な繻子に蓮《はす》の花。花びらが一枚できるごとに、二人がわあっと歓声を上げる。

「もうすぐできるね」

ひろみちゃんが中国語で言う。

「もうすぐできるよ」

わたしは頷く。

本当は、夜明けなのか夕暮れなのか、わからない。

明るいのは、朝が来たからなのか、建明が灯りをつけてくれたからなのか、わからない。

ひろみちゃんと洋子ちゃんが、いつ帰ったのかも。

見たこともないほどにきれいだったから、あげた。

しらみだらけの物売りの娘は、喜んだ。

毛皮のコートを着たひろみちゃんのおはじきを、喜んだ。

あれは、罪滅ぼしだったのか、それとも、共犯者の誘いだったのか。

投げつけられたのは、あたりまえだった。


「だれも、おはじきなんて投げてないよ」

建明がわたしに煙管《キセル》を持たせながら言う。

「ひろみちゃんたちが正月に来てくれたのは、もう三年も前のことだからね。物売りの娘も、もういないよ。塀の落書きも消した。ソ連兵が来てからは落書きされることもない。みんなそれどころじゃなくなったんだよ。それに、文望は英雄だからね。きっと、中国軍がやってきても、大丈夫だよ」

建明の言葉に頷きながら、煙管を吸った。

「それは箸だよ。煙管じゃない」

建明が泣く。

「少しは食べないと、死んでしまうよ」

建明が泣いている。

建明を泣かせたくなんてなかった。

戻れるなら、あのときに戻りたい。

小盗児市場の阿片窟で、阿片患者を跨いだあのときに。

あの小盗児市場に。

﨑山先生は、売り子の中国人に、これはうちの靴だから安くしてくれと頼んだそうだ。

一緒についていったひろみちゃんは、お金を払うなんておかしいと文句を言った。だってお父さんの靴なのにと頰を膨らませて。

あの子はいつもまっすぐだ。いつだって、正しいことは正しいことだと信じている。だれがどこからどう見ても、正しいことがあると信じている。

﨑山先生は、お店の人は泥棒からこの靴を買って売っているんだよと説明したという。仕入れ代がかかっているんだから、お店の人がただでは売ってくれないのはあたりまえだと。

﨑山先生の言う通りだ。

それでもひろみちゃんは納得していないようだった。膨らませたままの頰に、おかっぱの黒い髪がかかる。

あれ？

ひろみちゃんはおさげにしていたはず。太くて長くてつやつやしたおさげを振って、いつも笑顔でわたしの名前を呼んでくれた。

あれはだれ？

あれはひろみちゃん。

わたしは自分の問いに自分で答えた。

飯場の隅で、椅子に腰掛けて、足をぶらぶら振っていた、ひろみちゃん。

わたしが刺繡していたら、ひと針ごとに喜んでくれるひろみちゃん。

建明を見上げる。

「ひろみちゃんって、だれ？」

建明がまた泣いた。

靴を縫っていた。

いつか日本に帰ってしまうひろみちゃんと洋子ちゃんのために。

黒い繻子に赤い牡丹の花はひろみちゃん。赤い繻子に白い蓮の花は洋子ちゃん。二人がじっと見ているから、どちらも少しずつ刺す。できあがりが一緒になるように。

ひと針ひと針刺していく。

大きな目を見開いて、ひろみちゃんがわたしの指先をじっとみつめている。

帰ってきた文望に饅頭《マントウ》を出すと、やっぱり母さんの饅頭はうまいと七つも食べた。ろくな食事をしていないにちがいない。小麦の饅頭なんて久しぶりだとわらう。

わたしもこどものころは、小麦で作る饅頭は春節か誕生日くらいで、いつも高粱《コーリャン》の饅頭を食べていた。

おぼつかない足取りで母が、そしてときには父が作ってくれた高粱の饅頭の種を、引き継いで引き継いで、今ではあたりまえのように小麦で作っている饅頭を、文望はおいしそうに頰張った。

わたしの生まれた家はもうない。

両親が残してくれたのは、わたしの大きくてたくましい足と、この饅頭の種だけだった。

「李太太」

扉が開く音がして、かわいい声が響いた。

その声に思いだす。

そういえば、わたしは李太太と呼ばれていた。

こどもたちが、わたしを呼んでいる。

だれかが、今日はだめだめと言って、やってきた子たちを帰している。
わたしはここにいるのに。
起きあがろうとして、枕元の籠に気づく。縫いかけの靴が見える。
牡丹の花も蓮の花も、花びらが揃っていない。まだ開いていない、つぼみのようだ。
あの子たちに、靴を縫ってあげていたのに。あと少しなのに。
体が動かない。
額に入った写真の若者が、じっとわたしを見下ろしている。
あの子たちは、帰ってしまう。
帰ってしまったら、もう、二度と会えない。
今日こそ、縫わないといけないのに。
今日こそ。

第三章

七月になると、わたくしを含めて八人が指名され、別の作業に回されることになった。中野さんとも大山さんとも森さんとも分かれた。わたくしの親しい人はいないようだったが、文句は言えない。兵隊さんたちだって、お友達と一緒に戦地に行くわけじゃないんだから。

挺身隊のお姉さまに連れられていった先は、原紙を作っていた工場よりも、ずっと小さい建物だった。

入り口からは湯気があふれていた。扉が開け放されているというのに、中はよほどに熱気がこもっているらしく、あたりはむわっと暑い。

人が中に入るのを拒《こば》んでいるかのようだった。

「さあ、入ってください」

挺身隊のお姉さまのお声に促され、わたくしたち八人は、おそるおそる足を踏みだした。こういうとき、背の低いわたくしは、いつも先頭にさせられる。

湯気のこもる室内には、大きな鉄の釜《かま》が据えつけられていた。直径は三メートルはあるだろうか。風呂の釜よりもずっと大きい。湯気はこの大釜から上がっていたが、コンクリートの台に埋めこまれていて、中の様子はうかがえなかった。

「釜茹での刑にしそうな釜ね」

「みんないっぺんにね」

後ろでささやきあう声が聞こえた。

「この釜場で、みなさんには、グリセリン処理をやっていただきます」

聞き慣れない言葉にも、もう慣れた。聞き返すことなく、わたくしたちは、ただ、お姉さまの説明を一心に聞いた。

説明が終わると、舟を漕《こ》ぐ櫂《かい》にそっくりの、巨大な木のへらを持たされ、コンクリートの台に上がるよう言われた。どこにもつかまるところがないが、まさか釜につかまるわけにはいかない。気をつけて、膝ほどに高い台に、気合を入れて上がる。思わず、よっこいしょと声が出そうになる。

大釜の中では、茶色いものがぼこぼこと、大きな泡を立てて煮えたぎっていた。これがグリセリンらしい。ものすごい湯気が上がっている。息をするのも苦しかった。

挺身隊のお姉さまがたが、原紙の束を運んできて、釜の中に入れた。

わたくしたちが貼りあわせた原紙だった。とりあえずの原紙の行方を知って、腑に落ちたように思った。

わたくしたち八人の女生徒は釜のふちに立って、指示通り、櫂のようなへらでかき混ぜはじめた。

釜の中で、原紙はぐつぐつ煮えていた。

わたくしたちは、櫂のような大べらでかき混ぜながら、入れられた原紙を煮つづけた。グリセリンが熱いことは注意をされなくてもわかった。しずくが飛び散らないように、慎重にかき混ぜる。

十五分ほど煮るうちに、原紙はぐにゃぐにゃになり、生ゴムのようになってくる。それを目安に、一枚ずつ大べらでもって引きあげ、お姉さまが用意してくださった盥《たらい》に出すのだが、それがとんでもなく重たい。なにしろ、原紙は畳ほどもあるのだ。一人ではとても持ちあがらない。

みんなで力を合わせてやろうとしたが、釜の縁《ふち》が邪魔してそれもできない。とりあえず、てんでに引きあげてみるが、これまで労働なんかまともにしたことがないわたくしたちだ。見事にグリセリンまみれの原紙を落としてしまった。

沸騰していたグリセリンが飛び散る。

「きゃあ」

「いやあ」

「あつつ」

わたくしたちは一斉に悲鳴を上げた。半袖で剝きだしの腕に飛び散ったグリセリンは、熱いなんていうものではなかった。頭にずんと響くほどに痛かった。思わず台から飛び降りた人もいた。

「気をつけてください」

「一枚ずつ引きあげてください」

駆け寄ってきた挺身隊のお姉さまは、ただ、そう言っただけだった。わたくしたちは腕をさすったり、手拭いで拭ったりするだけで、そのまま作業を続けた。

「どうしてこんなやけどになるの」

家に入るなり、母がびっくりして言った。

「来なさい。手当てしないと」

母は救急箱から黄色い軟膏《なんこう》を出して塗ってくれた。今日、グリセリンが飛び散ったところは、点々と火ぶくれになっていた。電灯の明かりの下で、水泡になった皮膚が白く光る。

「これは、なにか飛び散ったのね」

わたくしは頷かなかった。母は肘にも軟膏を塗った。

「こっちはもう治ってきたわね」

乾燥機の鉄板に肘を当てたところだった。わたくしは黙っていたのに、母は気づいていたらしい。知っていて、なにも言わないでいてくれたらしい。

「一体なにをしたの」

わたくしは首を振った。

「言ったらいけないの」

母はそれ以上は訊かなかった。黙って包帯を巻いてくれた。

釜はいつもぐらぐらと煮えていた。

屋外の焚き口で、石炭を盛んに燃やしているらしい。湯気が立ちこめ、鍋のむこうに立つ同級生が見えないほどだった。グリセリンが減ってくると、挺身隊のお姉さまが、グリセリンをどぼどぼと注ぎたしてくださった。

かき混ぜるだけならよかったが、煮えたら引きあげないといけない。なんとか引きあげた原紙を、並んで立つ二人がかりで釜の外に出す。となりの人が手伝ってくれて、よいしょと持ちあげ、盥にばしゃっと落とす。そのときになるだけ飛び散らないよう、なるだけ低いところから落とす。

引きあげた原紙が幸いに一枚だったら、それでなんとかなるが、二枚三枚とくっついて引きあがってきたら、もう重たくて、とても引きあげられなかった。大べらを揺らして、引っかかった原紙を揺すって一枚にしようとすると、大抵ばちゃんと釜に落っことしてしまう。

最初のうちこそきゃあとかいやあとか言っていたが、そのうちだれも悲鳴を上げなくなった。それどころじゃなかった。みんな必死だった。

原紙は後から後から釜に入れられる。グリセリンは減っても減っても注ぎたされる。石炭がどんどんくべられ、釜場の火は燃えさかる。

七月。もうもうと立つ湯気の中で、作業は続いた。息をするのも苦しかった。おさげ髪の先から滴《したた》っているのは、汗なのか湯気なのかわからなかった。どっちでもよかった。もう、どうでもよかった。

一年生の終わりごろのことだった。

教室で、先生から、髪を長くのばすようにと言われた。

女学生なので、もともと、おかっぱか、おさげの生徒がほとんどだったが、これからはそれを絶対に切るなと言う。武器に使うために献納するということだったが、どういう武器にするのかは教えてくれなかったし、訊いてはいけないように思った。

そのころ、かーみーをちょんぎるのは非国民ーという歌がはやっていた。健三も小学校で覚えてきたらしく、よく歌っていた。

わたくしの髪は真っ黒で硬くて、量が多かったので、髪をのばすのはいやだった。小学生のころは、髪が多すぎてあせもになるので、おかっぱの中を剃《そ》っていたくらいだった。みんなと同じようにおさげにすれば、すごく太い三つ編みになってしまう。

それでも、仕方がないから、先生の話を聞いて、これからはお国のためにのばそうと思った。髪が武器になって、兵隊さんのお役に立てるなら、髪が太くて多いのもせめてもの慰めになる。

ところが、小学校から一緒のじんちゃんは、教室で一人だけ、髪を短くしていた。襟足は刈りあげて、短い髪で、くるくると巻いていた。

先生は名指しにはしなかったが、みんなじんちゃんを見た。

休み時間になると、わたくしはじんちゃんに、あなたも髪をのばしなさいよと言った。

そうしたら、じんちゃんはぴしゃっと、わたしはいやっと言った。

じんちゃんは、女学校に入ってもう一年近く経つのに、わたくしとも言わない。みんな、女学校に入ったら、上級生に注意されて、自分のことをわたくしと言うようになっていたのに。

わたくしは頭に来て、あなた非国民よと言った。

みんな我慢をしているのに。

わたくしは続けた。

そんな我慢もできないの。

そうしたら、クラスのみんなも、そうよそうよと同調した。

花原《はなはら》さんは非国民だわ。

それを聞いて、ああ、ひどいことを言ってしまったと思った。わたくしが最初に言ったことなのに、人が言うのを聞いて気づいた。謝らなくてはと思った。

ところが、じんちゃんは平気で、わたし、別に非国民でいいわと言い返した。

その態度にまたわたくしはかちんと来て、謝る気をなくした。

その日の放課後、じんちゃんは職員室に呼びだされた。母一人子一人の家だったが、お母さまも呼びだされたという噂だった。

翌日から、じんちゃんと親しく話す生徒はいなくなった。花原さんとはだれも呼ばなくなり、非国民と呼ぶ。それでも、じんちゃんはそれからもずっと、一人だけ、髪を短くしていた。

わたくしは、じんちゃんは本当に非国民だとは思いながら、それでもじんちゃんをきらいになることはできなかった。


じんちゃんと初めて会ったのは、五年生のときだった。

花原仁《ひとし》という名前の、短いくるくるの髪の転校生がやってきた。てっきり男の子だとばかり思っていたら、女の子だった。

同じ新京の三笠《みかさ》小という、新京駅の東の小学校から来た割には、話しかけてもあんまりしゃべらないし、わらわない。いつもひとりでいるし、つきあいにくい子だった。わたくしは四年のときに転校してきた三輪さんと、変わった子ねと言って、避けていた。

担任の木村《きむら》先生は、内地から来た、とても神経質な男の先生だった。廊下をぬか袋で磨かせるので、三組の廊下だけ顔が映るくらいぴかぴかだった。それでも気に入らないと、むかいあって二列に並ばせて、お互いの顔を叩かせた。

女の子のほうが多かったので、わたくしはたまたま、転校生のじんちゃんを叩かないといけなかった。仕方がないから、そっと叩いたふりをした。

そうしたら、木村先生が、いかん、やりなおせ、今は戦時下だ、この非常時に、そんな生ぬるいのじゃ戒めにならん、顔が赤くなるまで叩けと言った。

いやだったけど、仕方なかった。思いきって、じんちゃんの頬を、ぱちんと叩いた。

じんちゃんは色が白かったから、すぐに頬が赤くなった。それでわたくしは許してもらえた。

でも、じんちゃんはわたくしを叩かなかった。

いいのよ、叩いていいのよと言ったのに。

みんな結局、木村先生が怖くて、友達の頰を叩いた。おとなしい三輪さんまで、一人残らず。

それなのに、木村先生にいくら叱られても、じんちゃんだけは叩かなかった。頑として、最後まで。

それから、じんちゃんは強い人だと思って、みんな一目置くようになった。わたくしもそれからなかよくなった。つきあってみると、さっぱりして気持ちのいい人だった。

そのうち、わたくしたちは、仁を音読みして、じんちゃんと呼ぶようになった。花原仁の名前はは行がいっぱいあって、呼びにくかったからだ。

体調を崩して、休む人が出はじめた。釜を囲む八人の一人でも欠けたら、作業はますます大変になった。すぐに別の作業をしていた人が呼ばれて作業に加わってくれたが、慣れない人と作業をするのも大変だった。

やけどもひっきりなしだった。母が毎日軟膏を塗って、包帯を替えてくれるが、剝がすときが痛くて仕方なかった。

乾燥機の作業をしていたころ、これは大変だと思っていたが、釜場の作業にくらべたら、ずっとましだった。

午前中は昼休みが待ち遠しくて、午後は終業の時間を待ちわびた。ベルが鳴るのを待ち望むあまり、ベルが鳴ってないのに鳴ったかと思うときさえあった。

ある朝、目が覚めても、起きあがれなかった。起きないといけない時間になっても、体が動かない。

母が心配して、わたくしの額に手を当てて言った。

「熱があるわ。今日はお休みなさい」

「だめよ」

わたくしは母を押しのけるように起きあがった。

「休んだらみんなに迷惑をかけちゃうわ。慣れてる人がしないと、効率がわるいのよ。それに」

「それに、なに」

「なんでもないわ」

口にはしなかったが、わたくしが休んだら、戦争に負けてしまうように思って怖かった。わたくしは重たい体を引きずるようにして、第四連隊に通った。

昼休み以外は釜場に立ちつくし、一日の作業を終えると、足がぱんぱんに腫れた。

わたくしの足は、ゲートルの紐から肉がはみだし、まるでハムのようになった。恥ずかしくてたまらないが、気を遣ってくれているのか、一緒に帰る大山さんも森さんもなにも言わない。

けれども、母は病院へ連れていくと聞かなかった。

「足だけじゃないのよ。熱だってあるでしょ」

「前線の兵隊さんは、熱があるからって、お休みするかしら」

わたくしが言い返すと、父が座敷から出てきて言った。

「ひろみちゃん。ひろみちゃんはね、兵隊さんじゃないんだよ」

父の言葉は優しかったが、揺るぎない厳しさがあった。

「このままじゃ、ひろみちゃんが死んでしまうからね」

じっとわたくしをみつめる目に、父と母がわたくしの前に生まれたこどもを、三人も亡くしていることを思いだした。

「でも、そんなに休みたくないなら、休まなくていいから、病院へは行こうね」

わたくしもそれ以上拒むことはできなかった。母に連れられ、興安大路の角の興安病院に行った。

脚気《かっけ》と湿性肋膜炎《しっせいろくまくえん》と診断され、肋膜には水が溜まっていると言われた。背中から注射器で、溜まった水を抜いてもらった。

わたくしは、父と母が止めるのも聞かず、翌朝も第四連隊へ行った。

休むなんて、考えられなかった。わたくしが休んだら戦争に負ける。休まず通って、それで死んだらそれこそ本望。

撃ちてし止まむ。死して山となる。

わたくしは鉢巻をきゅっと締め、釜場に入っていった。

わたくしは長女のように育ったが、本当は三女だった。しかも、兄もいたから、父と母の子としては、四人目の子だった。

長男の哲彌《てつや》を一歳で亡くして、父と母は満洲に渡ってきた。撫順炭鉱に職を得て、日本では貧乏でろくな治療も受けさせられず、息子を亡くすくらいだったのに、満洲ではぴかぴかの社宅で暮らすようになった。でも、そこで、次女の朗子《あきこ》を、やはり一歳のときに亡くした。長女のまりあも六歳のときに、やっぱり撫順で亡くなった。赤痢《せきり》だったという。

小学校六年生の修学旅行の準備をしていたときだった。その行先に、撫順も入っていることがわかった。撫順は姉たちとわたくしの生まれた町だ。喜んでいると、父は言った。

ひろみちゃん、ひろみちゃんが生まれた撫順の町は新しい町で、ひろみちゃんのお姉ちゃんたちが生まれた撫順の町は、もう、露天掘りの中に消えてしまったんだよ。千金寨《せんきんさい》っていうんだ。

なんでも、今の撫順の町は二度目の撫順の町で、永安台というところに作られたという。でも、もともとの撫順の町は、そこから東に数キロ離れた、千金寨というところにあり、夏目漱《なつめそう》石《せき》が来て絶賛したほどの美しい、世界中のどこにもないくらいの先進的な都市だったという。ところが、その都市の下に何十年掘ってもなくならないほどの炭鉱があるとわかって、みんな壊したのだという。それが今の撫順炭鉱なのだという。

撫順炭鉱の露天掘りは、想像をはるかに超える大きさだった。大地に、空がすっぽり入ってしまいそうなくらい大きな穴が空き、何百メートルも下から、石炭を積んだ汽車が、ぐるぐる回りながら登ってくる。

ここに、千金寨という町があった。

わたくしの姉たちが生まれて、死んだ町。

でも、もう、この世界のどこにもない。

八月に入り、いつものように釜場での作業を始めてすぐに、急にわたくしだけが呼ばれた。戸惑いながら釜場を出て、挺身隊のお姉さまについていった。お姉さまがむかったのは、第四連隊の入り口近くの建物だった。

てっきりなにか注意を受けるのかと身構えたが、入るよう促された一室には女生徒しかいなかった。あまり広くはない部屋で、横長の、三尺くらいの箱と椅子が並べられている。箱の上には原紙が広げてある。

女学生たちは一様に、椅子に腰掛けて、箱の上の原紙に顔を近づけている。釜場や乾燥機の作業よりも、ずっと楽そうな作業だ。だれかがわたくしの体調がよくないことに気づいて、配置換えをしてくれたと思った。

心外だった。わたくしはまだまだ釜場で働けると言いたかった。とはいえ、学徒動員された女学生の身で、異議申し立てなどできない。なんと言おうかと考えていると、お姉さまが箱のひとつを指し示した。箱の前には椅子が置かれていた。

「そこにすわってください」

わたくしはどうしようか迷いながら、まずは指示された椅子にすわった。

その途端、身体中の力が抜けた。

もう、自分の体が限界だったことに、そのとき初めて気づいた。

今も釜場に立つみんなには申し訳なかったが、今のわたくしは、ここで精一杯がんばるしかなかった。

鉢巻を締め直し、顔を上げ、黙って指示を待った。

小学校でも、戦争が始まると、食糧増産で競馬場を学校の畑にした。新京の西の緑園住宅の、そのまたむこうの競馬場だった。芋や野菜を植えて、できたら収穫して、それぞれに配られた。

最初に畑をつくるとき、競馬場の馬ふんを肥料にするため、集めることになった。

母が持たせてくれた軍手をはめていたら、木村先生が怒った。この戦時下に、できたてのふんを摑めないでどうするとどなりだした。挙げ句の果てに、軍手を使うなんて非国民だとまで言われた。

せっかく母が持たせてくれたものだったが、軍手は諦めて、素手で摑んだ。できたてでぐにゃっとしていて、ぞおっと寒気がした。

ほかにも軍手を持っていた子はいただろうが、非国民なんて言われて使えるわけもなかった。みんな素手でふんを摑んで、黙々と集めていた。

ところが、じんちゃんだけはいやだと言って、突っ立ったまんま、集めようとしない。軍手をするしないではなく、馬ふんを集める作業そのものを拒む。

わたくしも三輪さんもあせった。じんちゃんが先生に叱られるのは目に見えている。じんちゃんの代わりに馬ふんを必死に集めた。

じんちゃんが作業をしてないことがばれないように、腕をひっぱって、あなた、しゃがみなさいよ、それぐらいならできるでしょと言ったが、じんちゃんは突っ立ったままで、あなたたち、わたしのためにそんなことしなくていいわよなんて言う。

すぐに先生が気づいて怒りだした。そうしたら、じんちゃんは、鋤《すき》を使ったほうが効率的ですと言ってのけた。

それはまちがいなかった。普通は馬ふんは鋤ですきこむ。先生がわたくしたちに素手でやらせたいだけだということは、みんなわかっていた。

先生が非国民と言っても平気で、聞かなかった。もう授業がないなら帰りますと言って、本当に帰ってしまった。

それまでは、先生の言うことはどんなことでも聞かないといけないと思っていた。でも、そのときは、じんちゃんのほうが正しいと思った。早退するなんてとんでもないことなのに、じんちゃんはかっこいいとさえ思った。

それから何日もたたないときだった。

歴史の授業で長崎のキリシタンの話が出た。

先生は、崎山、お前はこれが踏めるかと言いざま、マリア様のイコンの絵が載っている教科書を、ぽんと教室の床に落とした。

わたくしの家は、父と母の代からクリスチャンだった。高知出身の父と東京で生まれ育った母が出会ったのも、教会が縁だった。父は、クリスチャンの伯父のやっていた海外植民学校で外国人の牧師さんから洗礼を受けていたし、母は、どうしたわけか家族の中で一人だけクリスチャンで、ずっと東京の教会に通っていた。それをひきあわせた人がいてお見合いをし、結婚していた。

新京には教会があったが、クリスチャンは少なく、クラスではうちだけだった。迫害されることはなかったが、教科書に日本は神の国と書かれているのを見て、複雑な気持ちになることはあった。

わたくしは驚いて、体が固まって動けなくなった。先生の言うことは聞かないといけないが、踏めるわけがなかった。そもそも、教科書はとても大事なもののはずだった。踏んでいいものじゃない。踏めるわけがない。

すると、先生は、強情なやつだと言って、教壇から降りてきて教科書を拾って、また授業を始めた。

わたくしはそのとき、先生に逆らうようなまねをしてしまったが、わたくしはまちがっていないと思った。じんちゃんと同じだ。言い返すことはできなかったが、抵抗することはできた。

うれしくて、じんちゃんに認めてもらおうと、じんちゃんの席をふりかえった。でも、じんちゃんはいなかった。じんちゃんはときどき、学校を休む人だった。そういえば、その日も朝から休んでいた。

横長の箱は木でできていたが、上の面だけはガラスが張ってあった。中には百ワットくらいの明るい電球がいくつもあって、下から照らしている。正視できないほどにまぶしい。

挺身隊のお姉さまが原紙をその上に置いてくださった。これまで見たことがない、ぱりっとした原紙だった。

「この、できあがった原紙を検査していただきます」

お姉さまの言葉で、これが釜場でのグリセリン処理をされた後の、完成した原紙だとわかった。おそらく、釜で煮たものを、また鉄板で乾燥させたんだろう。

貼りあわせる前の、最初の一枚の紙とは全然ちがう。しっかりと厚みがあり、ゴムのようにしなやかに、丈夫になっていた。わたくしたちの必死の作業でできあがった原紙だった。

「下から照らして、穴やよれがないか、よく検査してください」

そうおっしゃいながら、お姉さまはわたくしに赤鉛筆をくださった。

「少しでも穴やよれがあったら、丸をつけてください。補修室に回して、補修してもらいますから」

「はい」

わたくしははりきって赤鉛筆を握った。

ガラス越しに、下から照らされる原紙には、空気の穴やよれ、しわなどがはっきり見えた。

貼りあわせるときに刷毛の扱いがわるく、空気が入ってしまったり、よれたりしてしまったんだろう。中には刷毛の毛が挟まっているものもあった。原紙の端から黙々と、赤鉛筆で丸をしていく。

開け放された窓から、楡の木の葉をくぐった風がそよいでくる。

なんて楽なんでしょう。釜場や乾燥工場にいる友達に申し訳ないわ。

そう思ったのは、そのときだけだった。

原紙を照らす明かりはものすごかった。

お昼休み、楡の木の下で、大山さんたちとお弁当を食べながら、何度も瞬《まばた》きをした。目が乾いて痛かった。

「﨑山さんは、受け持ちが変わったのね」

「ええ」

頷いてから、見回す。

「みんなはそのままなの」

「ええ」

「中野さんは、たしか、わたくしと同じ建物だったわね」

わたくしは確かめた。検査室では見かけないから、補修室にいるのだろうか。

「ええ」

それ以上は訊かない。答えないし、訊かれない。第四連隊に来てから、暗黙の了解で、お互いの作業については知ってはいけないと思うようになっていた。

「病院に行ったんですってね。大丈夫なの」

「ええ。注射でよくなったわ。もう平気よ」

中野さんが心配してくれたが、空元気を見せてごまかした。

「それより、中野さんは、夏休みがなくなって残念でしょう」

いつもなら、八月は夏休みで、寄宿舎生は親元に帰れるはずだった。わたくしも寄宿舎にいたころは、夏休みになるのを指折り数え、鉄嶺《てつれい》の家族のもとに飛んでいったものだった。

鉄嶺は、朝になると鶏が鳴き、ろばがいななく、のどかでいいところだった。竜首山という高い山があって、草原には羊が群れをなしていた。

「そうね。でも、そんなわがままは言ってられないから。兵隊さんに夏休みなんてないんだから」

模範的な答えだった。

なんだかさみしかった。わたくしたちは、いつも本当の気持ちを言わないでいるような気がした。前なら、もっとなんでも言いたいことを言いあっていたのに。上級生にいじめられて、一緒に泣いたり、上級生の悪口を言いあったりしていたのに。

釜場の作業が始まってから、ずっと巻いている腕の包帯も、みんな、気づいていないわけはないのに、だれもなにも訊いてこない。

わたくしたちは、なにかを口にする前に、これは話していいことかどうか考えるようになっていた。

「﨑山さん、目が赤いわね」

「そうかしら」

わたくしはまたごまかした。

「髪の毛が目に入って」

「﨑山さんの髪はたっぷりしているものね。うらやましいわ」

「たくさん献納できるわね」

「そうね。でも、硬くて、いやになるわ」

みんなの二倍は太いおさげは、おそろしいほどにまっすぐだった。

「スフの襟がね、擦り切れるのよ、わたくしの髪、ほんとに硬いから」

「スフは弱いから、仕方ないわよ」

「髪をのばさない人がいたわよね」

「ああ、花原さんね」

みんなには姓を言った。

「そうそう、花原さん」

「非国民の」

みんなはわらいあった。

「あの人、最近見かけないわね」

「別のところに動員されてるんでしょう。関東軍司令部とか、通信部隊に動員されている人もいるみたいよ」

なんの気なしにわたくしは言った。

「みんなばらばらね」

「一中の生徒は東寧《とうねい》まで行ってるそうよ」

「ええ、東寧っていったら、国境地帯じゃない」

「ソ連とは中立条約があるから大丈夫でしょ」

「無敵の関東軍もいるしね」

その言葉に、馬に乗った岩崎少尉を思いだした。


じんちゃんのご両親は内地では学校の先生だったそうで、満洲で成功していたお母さまのご親戚に、先生をやるなら満洲がいいと誘われて、満洲に来たそうだ。お父さまは結核で、じんちゃんが二歳のときに亡くなったという。そのころ、内地では、満洲でテニスをしたら結核になるといわれていて、それで結核になって死んだんだとじんちゃんは言っていた。本当かどうかは知らない。

お母さまは満洲に残って、日満商事の独身寮の世話をして働いていた。お兄さまが二人いたけど、上のお兄さまは二十歳で入営していたし、下のお兄さまは予科練に行っていて、お母さまとじんちゃんと二人きりだった。

じんちゃんにはよくわからないところがあった。

先生とも渡りあえるほどに強いくせに、学校はしょっちゅう休んだ。

食べもののすききらいも激しかった。初めてうちに来たとき、きらいなものがあるか訊いたら、ないと言う。でも、出したものを、これは食べません、これも食べませんと言って、ちっとも食べない。そんなに食べられないの、いつもなにを食べてるのと驚いて、母が訊いたくらいだった。

卵や鶏も食べなくて、牛のすき焼きばっかり食べていたという。だいっきらいなにんじんはいつも下の兄が食べてくれていたらしい。お兄さまが二人ともいなくなってからも、寮住まいで満人のボーイさんがいるから、偏食をしてもボーイさんが食器を下げてくれて、お母さまに気づかれないですむのだという。

みんな日の丸弁当を持ってくるのに、じんちゃんは梅干しがきらいだと白いご飯だけを持ってきた。しかも、みんなが麦や豆の混ぜ飯になっても、じんちゃんだけはいつも真っ白なご飯だった。満鉄関係の寮だから特配があるのよとすましている。

なにからなにまで国策に沿ってない人だった。

「でも、わたくし、思うんだけど」

中野さんがみんなの真ん中に顔を寄せて、こそっと言った。

「花原さんって、すてきよね。あの短い髪。似合っていて」

みんなも顔を近づけて、声を出さず、うんうんと頷いた。

「男装の麗人みたいよね。言わないけど」

森さんも頷く。

「わたくしね、前にね、まるで川島芳子《かわしまよしこ》ねって言ったの。花原さんに。そうしたら、彼女、なんて言ったと思う?」

中野さんの声はだんだん大きくなる。

「花原さんね、やめてって言ったのよ。だれかに似ているって言われるのはきらいだって」

「花原さんらしいわ」

「それにね、こう言ったの。わたしがそのだれかに似ているんじゃなくて、そのだれかがわたしに似ているんでしょって」

わあっとみんなが歓声を上げる。

「非国民だけど、憎めないのよね」

「わたくしもそう思うわ。内緒よ」

内緒という言葉がなんだかなつかしかった。内緒話なんて、いつからしてないだろう。じんちゃんのおかげで、久しぶりにみんなと本音で話せたような気がした。

「でも、この髪、一体なにに使うのかしらね」

だれも答えなかった。

自分の長くてつややかなおさげを、軽く持ちあげながら呟いた中野さんも、そのまま黙って、おさげを下ろした。

それは、わたくしたちが考えることではなかった。

わたくしたちは、ただ、わたくしたちの髪をのばせばいいだけだった。

「花原さんは、今、どこにいるのかしら」

森さんが言った。顔を見合わせるが、だれも知らない。

どきりとした。じんちゃんに最後に会ったのはいつだったろう。あわてて記憶を辿る。

さらしで白衣を縫っているときには教室にいた。棒グラフが一番短いのがじんちゃんだったから、よくおぼえている。さすが非国民ねと先生に叱られていた。あのころには、先生たちまで非国民と呼んではばからなくなっていた。

でも、その後、孟家屯の兵器廠では見ていない。

「そういえば、花原さんのおうちって日満商事の寮だったじゃない。あの寮、閉められてるの、ご存じ」

大山さんの言葉に驚いて訊く。

「知らなかった。いつから」

「いつからかしら。とにかく、もうやってないのよ。締め切りになっていて」

わたくしたちは顔を見合わせた。

「満鉄関係の人だから、まさかとは思うけど」

中野さんはその先を言わなかった。わたくしたちは黙りこんだ。

午後の作業の始まりを告げるベルが鳴った。

原紙の検査はすわれて楽だとばかり思っていたが、大変な思い違いだった。下から照らされた真っ白な原紙を、朝から晩まで見ていたら、乾燥して目が真っ赤に充血してしまった。ぱちぱちと瞬きをしても痛い。

そっと周りの人たちを窺うが、みんな一心不乱に原紙をみつめている。目が痛いなんて軟弱なことを考えている人なんか、わたくし以外にはいないようだった。

「どうかしましたか」

顔を上げていたのを挺身隊のお姉さまに見咎められた。

「なんでもありません」

わたくしはあわてて原紙に目を落とした。

ほかの人たちは、一枚確認し終わるのも早い。わたくしの後ろで検査をしている中山《なかやま》さんなど、わたくしが一枚確認する間に、三枚くらいすませてしまう。

検査を終えた原紙は一箇所に重ねて、やはり挺身隊のお姉さまが補修室へ運んでいらっしゃるようだった。検査室の奥の扉がときどき開け閉めされる音がするが、わたくしは検査に忙しく、そちらに目をやる暇もなかった。

一日目はばれなかったが、二日目にはもう、帰宅するなり、母に気づかれた。

「まあ、ひろみちゃん。目が真っ赤よ」

よりによって、わたくしの目は大きい。赤いのも目立つのだろう。

母は洗面器に水を張って、顔をつけて水の中で瞬きをするように言った。言われる通りにすると、いくらか楽になった。

「いったいどうしたの」

いくら訊かれてもなにをしているかは言えない。

そもそも、わたくしにだって、なにを作っているのかわからなかった。丈夫な紙を作っている。ただそれだけだった。

目が痛くて痛くてたまらなかった。

昼休みまで我慢できず、お手洗いに立ったふりをしては、手のひらで水をすくって、そこでぱちぱちと瞬きした。なんとかそれで凌いだが、眉間だのこめかみだのまで痛くなってきた。

右手で赤鉛筆を動かしながら、左手でこめかみを押さえる。

わたくしがそんなことをしてもたもたしている間に、中山さんはまた一枚、検査を終えた。

そこへ、将校さんが入ってこられた。空気が抜けていないところや刷毛や髪の毛の混入、よれやしわなどを見逃さないよう気をつけるようにと、挺身隊のお姉さまが口を酸っぱくしておっしゃるのと同じことを、重ねておっしゃる。

お話を聞いている間は目を休めることができるので、わたくしはほっとしながらぼんやり聞いていた。

将校さんは、一段声を張りあげた。

「特に、気泡については、ただのひとつも、決して見逃してはいけない。ほんの小さな気泡でも、この空気が膨張して破裂すれば、中の空気が抜けて、大変なことになる」

はっとした。

中の空気?

思わず、将校さんの言葉を反芻してしまう。

この原紙の、その中の空気。気泡の膨張。この原紙は、空気を包んで、空高く、飛ぶものだ。

ひらめいてしまった。

初めて、わたくしは、自分が作っているものが風船だとわかった。

それも、大きな。大きな、大きな、気球のような。

そんなつもりは、なかったのに。

「たったひとつの、わずかな気泡によって、すべての努力が水泡に帰すのだ。諸君の責任は重大である。作戦の成功は、ひとえに諸君の検査如何にかかっている」

わかってしまったことが後ろめたかった。それ以上はもう、なにも考えない。ただ、自分にまかされた作業の、その責任の重さを肝に銘じる。

目の前の原紙を、瞬きひとつせず、じっとみつめる。

わたくしはもう、お手洗いに立たなかった。

目がだめになってしまってもいい。

五族協和。大同団結。

勇ましいスローガンが次から次へ浮かぶ。

乾坤一擲《けんこんいってき》、尽忠報国。撃ちてし止まむ。鬼畜米英。一億特攻。一億玉砕。死して山となる。

この聖戦を勝ち抜くためなら。

わたくしの目など。


検査室に回されてから、一週間が経っていた。

わたくしはもう、後ろの席の中山さんと同じくらいの速さで検査をすることができるようになっていた。

楡の木越しの風が、検査室を抜けていく。

わたくしは顔を上げ、窓から見える楡の木の葉と、そのむこうの工場のれんが壁を見た。

いつもの年なら、夏休みの真っ盛りだった。父の勤務地の鉄嶺に遊びに行ったことを思いだす。去年の夏だったが、もう何年も前のことのように思える。

挺身隊のお姉さまたちが、奥の扉を開け、検査がすんだ原紙を運んでいらっしゃる。その背中越しに、台の上で、小刀を使って原紙の補修をしている人たちが見えた。扉のむこうの部屋は、こっちの部屋よりもずっと広かった。その奥の床には、原紙を切っている人や、切られて形を変えた原紙も見えた。

ずいぶんと細長い三角形に切られた原紙。

その形に、小さなころ、李太太《リータイタイ》の家で遊んだ紙風船を思い浮かべたとたん、扉はばたんと閉じた。

八月九日の夜が明ける前だった。

まだ真っ暗な中、聞いたことのないサイレンがけたたましく鳴った。

こども部屋で寝ていた洋子と二人して飛び起きた。

「空襲警報よ」

母の言葉で、鳴り響くサイレンが空襲警報だと初めて知った。

庭に掘ってあった防空壕に、健三の手を引いて入る。父と母とがんばって掘った防空壕だったけれど、実際に入るのは初めてだった。かびくさくて閉口したが、入らないわけにはいかない。

父がござを敷いてくれ、みんなですわった。背の低い健三は、穴に入ったのがうれしいらしく、歩きまわってはしゃいでいる。

「いよいよアメリカがやってきたのね」

わたくしは悲壮感を込めて言った。

いよいよ一億玉砕だ。

「こんなところにまでやってくるなんて」

「本当だねえ」

父はまるで人ごとのように感心していた。

「アメリカは、こんなところまで飛行機を飛ばして空襲するなんて、すごいねえ」

飛行機の爆音や爆発音は聞こえなかった。夜が明けてしばらくして、空襲警報は解除され、わたくしたちはやれやれと防空壕を出た。遅くなったので、朝ごはんを食べずに出ようとしたが、母が、ご飯だけでも食べていきなさいと聞かない。仕方なく、麦混じりのご飯を食べてから飛びだした。

いつもなら途中で同級生に会うが、だれにも会わない。きっともうみんな先に行ったんだと思い、朝ごはんを無理強いした母を恨めしく思った。

第四連隊の門をくぐると、めずらしく、兵隊さんたちが集まっていた。門のそばの建物や倉庫から、どんどん荷物を運びだし、荷造りをしている。

敷地に散在する建物や工場では、今日は作業をしていないようだった。あたりを見回すが、女学生や挺身隊のお姉さまはいない。石炭や湯気の匂いもしない。釜場の火も消えていた。

どうしたらいいかわからず、戸惑っていると、別の組の生徒が門をくぐってきた。名前は知らないが、顔に見覚えがある。

「あなたも来たの」

わたくしと目が合うと、彼女はあいさつもなしに言ってふっとわらった。

「あなたも馬鹿正直に来た口ね。わたくしもよ。来なくてよかったみたいよ」

「みんな来ないのかしら」

「だって空襲があったんですもの」

話している間にも、兵隊さんはどんどん荷物を運んでいく。

「お友達を迎えに寄宿舎に寄ってきたんだけど、寄宿舎生はこれから、みんな親元に帰されるんですって。空襲があったから、寄宿舎ではもう預かれないって。作業どころじゃなくってね、みんな荷造りをしてたわ」

夏休みがなくなり、家族と会えなくなっていた中野さんを思いだす。きっと中野さんは喜んでいるだろう。

「学校もだれもいないんですって。お休みになるそうよ」

荷物を運んでいた兵隊さんの一人が、わたくしたちに気づき、駆け寄ってきた。

「戦線が変わって、僕らは南に移動することになりましたから、作業はこれでおしまいです」

彼は淡々と続けた。

「あなたたちは、倉庫にあるものをみんな、なんでもいいから持って帰りなさい」

わたくしたちが返事をする間もなく、彼はわたくしたちに背をむけ、ほかの兵隊さんたちの後から、門を出ていった。

兵隊さんは一人もいなくなった。

門のそばに大きな倉庫がいくつか並んでいた。

いつもぴったり閉じられていた扉は開け放されていた。

急なことで持ちだせなかったのだろう。倉庫の棚にはさまざまな物資が山積みになったままだった。

でも、持って帰れと言われても、風呂敷も袋もない。あるのは肩掛けの雑嚢だけだ。

とりあえず、棚の間を歩いて、なにがあるか見ていくと、お砂糖はある、小豆はある、マッチはある。

わたくしはそのとき、思った。

ああ、おぜんざいが食べたい。

お砂糖を手拭いに包み、小豆と一緒に雑嚢に押しこんだ。

マッチは貴重品になっていた。父はたばこを吸うのに靴の底でじゅっとやっていたが、このごろはマッチがなくて、いつも困っていた。持って帰ってあげたら喜ぶだろうと思って、防空頭巾にマッチをいっぱい入れて、持って帰った。防空頭巾が初めて役に立った。

それでおぜんざいを作っていると、父がいつになく早く帰ってきた。

「お、いい匂いがするな」

「おぜんざいよ」

わたくしは胸を張った。

「ひろみちゃんが軍でもらってきてくれたの。あるところにはあるものなのね」

「ひろみちゃんの大手柄だね」

夕食前だったけれど、みんなでおぜんざいを食べた。おぜんざいなんて、いつから食べてなかっただろう。洋子と健三は大喜びした。


父はおぜんざいを食べ終わると、ソ連が攻めてくるから、逃げないといけないと言いだした。

「ソ連？　アメリカじゃなくって？」

「今朝の空襲もソ連らしい」

「だって、中立条約があるのに」

わたくしは腑に落ちなかった。

「無敵の関東軍だっているわ。ソ連は満洲には手が出せないはずでしょう」

母も納得していない。

「軍はみんな引き揚げたらしい」

父の言葉にはっとする。第四連隊の兵隊さんたちは、南へ移動すると言っていた。

「空襲も、宮廷府に一発と、南嶺のあたりに一発と、二発しか爆弾を落とさなかったそうだ。街を避けて、郊外にだけ落としているのは、これからソ連が占領するつもりだからだろう。なんといっても、新京は満洲国の首都だからね。日本が建てた建物をみんな、残して使おうとしているんだろう」

ソ連がやってくる。それなのに、関東軍がいなかったら、どうなるのか。

わたくしは怖くて訊けなかった。

「わたしたちも逃げないと」

母はわたくしたちを見て言った。

「ぼくはまだ協和会を離れられない。とにかく、みんなは荷造りを始めておいてくれ。いつでも逃げだせるように」

「待って待って」

わたくしにはわからなかった。思わず訊いていた。

「どこへ逃げるの？」

父と母は驚いた顔をしてわたくしを見た。

「日本よ。決まってるでしょ」

母は答えた。洋子も訊いた。

「どうして日本に逃げるの？　洋子ちゃんのおうちはここよ」

洋子の問いはわたくしの問いでもあった。洋子のとなりで、わたくしも頷いた。

「だって、洋子ちゃんは日本人でしょ」

母には、洋子が問う意味がわからないらしかった。

「わたしたちは満人じゃないんだから」

まだ納得していない洋子に、母はまた言い足した。

「ここは満洲で、日本じゃないんだから」

「でも、わたくしたちの国はここでしょ」

わたくしも訊いた。

「ここは満洲よ。日本じゃないわ」

母の答えは答えになっていなかった。父は腕組みをして、黙っていた。

そのめずらしく難しい顔を見て、わたくしも洋子も、それ以上は訊けなかった。

お国のためですからね。

挺身隊のお姉さまのお声を思いだす。

わたくしたちはみんな、お国のためにがんばってきた。満洲国建国十周年をみんなで祝った。でもわたくしたちのお国は、満洲国ではなかった。

わたくしたちのお国が満洲国なら、わたくしたちは逃げだす必要はないはずだった。


新京の町は日本へ引き揚げる人たちで騒然となった。

うちは新京駅からも南新京駅からも遠く、見ることはなかったが、駅には新京を逃げだす日本人が殺到しているらしい。それでも、北から下ってくる列車は引き揚げる日本人でいっぱいで、乗ることもできないという。

そして、軍と満鉄の関係者たちは、真っ先に列車を確保して、既にみんな引き揚げたという噂が流れた。

噂は事実らしかった。三輪さんの家に行ってみると、がらんどうになっていた。三輪さんのお父さまは満鉄にお勤めだった。あの優しい三輪さんは、わたくしたちに黙って、先に逃げていた。

白菊小学校からずっと一緒のお友達だったのに。

ただただ、さみしかった。

置いていかれるとしても、お別れのあいさつだけでもしてくれたらよかったのに。

わたくしたちの友情なんて、そんなものだったのだろうか。

それとも、わたくしだけが、友達だと思っていたんだろうか。

うつむいて歩きたい気分だったが、通りは逃げる日本人でごった返していた。大きな荷物を担いで急ぐ人たちにぶつからないよう、気をつけてわたくしは歩いた。

じんちゃんの住んでいた日満商事の独身寮にも、もしかしたらと一縷《いちる》の望みを懸けて行ってみた。寮は、たまたま大山さんが通りかかったときに休んでいただけで、再開していて、じんちゃんがいるかもしれない。

期待は打ち砕かれた。寮は話に聞いていた通り、閉まっていた。まったく人気はなく、窓のカーテンも閉まったままだった。

そういえば、満洲国建国十周年の式典にも、高松宮のお迎えにも、じんちゃんは来ていなかったと、今になって思いだす。

「きっと、じんちゃんも先に逃げたのよ」

わたくしは寮に背をむけると、ひとり呟いた。

満鉄関係のおうちだったから、じんちゃんも、三輪さんと同じように、わたくしを置いて、先に日本へ逃げただけ。

そう思っていたかった。

置いていかれたほうが、ずっとよかった。

第四章

「これから行う作業は軍事機密である。決して誰にも言ってはいけない」

東堂《とうどう》技術少佐の声だけが、れんが造りの工場に響き渡る。原紙の乾燥機の前にずらりと並んだ女学生たちは、一様に撃ちてし止まむの鉢巻を締め、一心に東堂技術少佐を見上げている。

ずいぶん将校らしくなったなと自分は目を細めた。

少佐といっても、技師上がりの技術部将校だが、この場にその違いに気づく者はいないだろう。かつての関東軍気象隊においては部隊長の中佐に次ぐ階級で、一度は東堂技術少佐も中隊長を任じられていた。

新設された臨時教育中隊の中隊長として、百名もの部下を率いて移駐する朝、東堂技術少佐が軍刀礼をしたときのことを思いだす。

技術部上がりの文官で、武官となった途端に尉官を飛び越していきなり佐官となった東堂技術少佐は、ただでさえ軍刀の扱いに慣れていなかった。それを軍刀礼では、鞘から抜いて振らなければならない。移駐が決まってから、東堂技術少佐は陸軍気象部時代からの友人のもとを連日のように訪れ、軍刀の抜き方から礼の仕方まで、手取り足取り教えてもらっていた。

その陰の苦労を知る自分ははらはらしながら、東堂技術少佐生まれて初めての軍刀礼を見守った。さすがに友人の教えもあってか、軍刀の鞘を払い、投げ刀とやらいう軍刀を右下に構える敬礼はぴたりと決まった。真剣が満洲の空を映してぎらりと光る。後に控える兵科将校の中尉たちとも合っている。

ところが、投げ刀をした中尉たちも捧げ刀をした帯刀の部下たちも、その後一斉に刀を納めたのに、東堂技術少佐だけが抜き身の軍刀を手にしたまま、中隊に前進を命じ、衛兵の吹く行軍ラッパの音に送られて、意気揚々と営庭《えいてい》を歩きだしてしまった。

中尉二人は顔を見合わせ苦笑いしあいながらも従うしかない。百名もの部下も、粛々と後を踏んでいく。

先頭を行く東堂技術少佐だけは、部下たちが笑いをこらえていることに気づかない。最近目立ってきた腹をますます張って、歩みを続ける。

とうとう営門を出てしまった。そこで兵科将校の各務《かがみ》中尉が追いついて耳打ちした。ふりかえって、やっと自分だけが抜き身の軍刀を提げていたことに気づいた東堂技術少佐は、あわてて軍刀を鞘に納めた。

あれ以来、すっかり懲《こ》りた東堂技術少佐は、一度も軍刀礼をしていない。

笑いをこらえていたあのとき、何も知らないでいたあのときが一番よかった。

あのときまで、自分は何も知らなかった。

よく聞かれる軍事機密という言葉の重さを、本当には知らなかった。

「たとえ寝言でも言ってはいけない」

東堂技術少佐の訓辞は続く。

寝言にも言えない秘密を持つことのつらさを課すには、目の前に居並ぶ女学生たちはあまりに幼く、可憐すぎた。ただただひたむきに、みじろぎひとつせず、軍刀礼もできない東堂技術少佐の顔をみつめている。

「時局は諸君の力を必要としている。この聖戦を勝ち抜けるかどうかは、諸君一人一人の力如何にかかっている」

言われたことを疑いもしない、無垢そのものの瞳。東堂技術少佐や学校の先生の命令ひとつで、どんなことでもやりかねない。この純真無垢な女学生たちが、これから自分たちが作るもので何が行われるか知ったら、それでもこの女学生たちは、純真無垢でありつづけられるんだろうか。

「サイパンの玉砕を思い、死力を尽くして励むように。以上である」

東堂技術少佐に注目していたすべての女学生が、一斉に頭を下げた。

軍刀礼をしたときよりもまた少し腹が出た東堂技術少佐の後を追って、自分も工場を後にした。

初めて東堂技術少佐に会ったのは、十六歳のとき。陸軍砲工学校にあった陸軍気象部に、雇員として勤めはじめたばかりのころだった。

実業学校出の田舎者《いなかもの》の自分の、どこを気に入ってくれたのかはわからない。東北帝国大学出身の東堂技術少佐は、そのころはまだ二十代で、腹も出ておらず、技師の一人に過ぎなかった。

気象部では、中学校も出ていない自分はほかの技師から相手にされず、雑用ばかりさせられていたが、東堂技師だけはかわいがってくれ、島田《しまだ》、島田と、気象のきもわからない自分を呼んでは、天気図の見方から手取り足取り教えてくれた。

支那事変勃発のときには、東堂技師の指示で作成した天気図が参謀本部に採用され、南京《ナンキン》攻略戦に貢献した。南京が陥落したときには、二人で手を取りあい、やったやったとこどものように喜んだものだった。

東堂技師の気象にかける思いは尋常ではなかった。台湾で生まれ育った東堂技師は、幼いときから内地の天気と台湾の天気をくらべては予想を立てていたそうで、気象研究の道を志すようになるのは必然ともいえた。東北帝国大学で学び、希望通りに中央気象台で勤務していたが、その気象予報の精度の高さや気象に対する知見が見込まれ、陸軍気象部に招かれていた。

それでもなお満足することなく、当時まだ知られていなかった強い西風が、日本上空を吹いているのではないかと推測し、日本の天気は西から変化するのだから、大陸の気象を知らずして日本の気象の研究はできないと常々言っていた。

とはいえ口だけだと思っていたら、満洲の関東軍に気象部ができると聞いて自ら申し出、あっさり満洲に渡ってしまった。匪賊が跋扈《ばっこ》する満洲くんだりまで望んでいくなんてもの好きなと、ほかの技師たちはあきれていた。

陸軍気象部を去るときには、もうおまえのことは心配ないな、しっかりやれよと肩を叩き、励ましてくれた。自分は泣きながら、何度も頷いた。

ところが、東堂技師が去って間もなく、父が亡くなった。一人息子の自分は家業の自転車店を継ぐしかなくなった。陸軍気象部を辞め、多摩の実家に戻ったが、自分が家にいたころは花形だった自転車産業は、軍事産業に圧迫され、仕事はほとんどなくなっていた。

徴兵検査が近づき、このままでは入営を免れることはできそうになかった。甲種合格を疑わないほどの自慢の肉体というわけでは決してなく、むしろ蒲柳《ほりゅう》なほうで、学生時代も学業だけが取り柄だった自分ではあるが、最近では丙種《へいしゅ》合格でも徴兵されている。骨となって帰郷する郷里の先輩たちも多い。ひ弱な自分など、戦地に行ったら真っ先に、コレラかマラリヤか何かの風土病にかかって死ぬだろう。

病弱な母は、入営は名誉なことだけど、おまえに気象部を辞めてもらわないでいればよかったねえと呟いた。軍属であれば、徴兵は免れる。外では言えない、母の本音だった。母に似て幼いころからひ弱な自分を案じてくれての親心を、責める気持ちにはなれなかった。しかも、自分が戦地で死んでしまえば、母はひとりになってしまうのだ。

そんなときに自分と母を救ってくれたのが、東堂技術少佐だった。

辞めた陸軍気象部から電報が届き、何事かと駆けつけたところ、満洲にいる東堂技師が自分を呼んでいるという。関東軍気象隊で東堂技師が気象研究をすすめることになり、その研究班の一員として満洲に来るようにということだった。東堂技師のたっての願いで、ほかにも陸軍気象部の元同僚や技師たち数名が呼ばれており、破格の給与も用意してくれるという。

軍属となって満洲に行けば、満洲から母に仕送りができる。兵隊に取られないですむ。勤務地が満洲と聞いて怯む元同僚たちを差し置いて、自分は二つ返事でひきうけた。

生まれて初めて船に乗り、満洲に渡ると、東堂技師は満面の笑みで迎えてくれた。

やあやあ島田、よく来てくれた。どうだね、満洲は。

そのとき、自分は満洲の帝都、新京の関東軍気象隊のビルの一室にいた。そこに辿りつくまでの道のりで、東京と遜色《そんしょく》ない、いや東京よりも先進的でモダンな街の様子に度肝を抜かれっぱなしでいた。気象隊のビルもぴかぴかの新築で、陸軍気象部よりよほどに立派だった。

自分が答える前に、東堂技師が、モダンで驚いたろうと、自分の思いを代弁してくれた。

重ねて、地平線まで高粱《コーリャン》畑が広がり、そこを馬に乗った匪賊が跋扈していると思ったんだろうと、からからとわらう。その通りだった。満洲にこれほど近代的な都市があり、これほど鉄道が整備され、これほど多くの日本人が暮らし、これほど発展しているとは思いもしていなかった。

島田が気象部を辞めたのは残念だが、お父様が亡くなられたそうだな、お母様は一人息子のおまえを案じているだろうと続けた東堂技師の言葉に、自分は深く頭を下げた。

やはり、東堂技師は、自分の家の事情をわかった上で、自分と母を救ってくれたのだ。

自分なぞを呼び寄せてくださりまして、ありがとうございますと言う言葉は涙にかすれた。

さあさあ、泣くな泣くな。私のほうが感謝してるんだ、満洲くんだりまで来てくれてありがとうとこっちが礼を言うところだ。

東堂技師はわらいながら、うつむく自分の肩をばんばんと叩く。

関東軍気象部が独立した気象隊に昇格してな、特殊研究を進めることになってな、技師の私が研究班の班長を命じられてしまってな、部下を用意してくれるというんだが、軍属上がりの身では兵科の奴らは使いにくい。なめられるからな。だから気心の知れた島田たちに来てもらうことにしたんだ。なにしろ容赦《ようしゃ》なくこきつかえるからな。覚悟しておけよ。

東堂技師は、また自分の肩を叩く。それもその通りなのだろうが、恩に着せないようにあえてそう言ってくれていることはわかっていた。

東堂技師の温情に報いなければと自分を奮い立たせる。自分はやっと涙を拭い、顔を上げて、わらった。

昼飯はまだだろう。新京の街を案内がてら、飯を食わしてやろう。さあさあ行くぞ。

威勢よい掛け声の口癖はあいかわらずの東堂技師に、背中を押されるようにして部屋を出ながら、自分はふと訊いた。

ところで、その特殊研究というのは。

東堂技師はうんと頷いた。

おもしろい研究だぞ。島田もきっと夢中になる。関東軍参謀部作戦課の指揮下に置かれる極秘研究だから、決して口外するなよ。

東堂技師はそう言うと続けた。

丙種気象演習というんだ。


マーチョ！

野球でもできそうに広い道路にむかって東堂技師が叫ぶと、馬に曳かれた車がぱかぱかと近づいてきた。

新京銀座まで。

東堂技師は馭者にそう言うと、すっと乗りこんだ。椅子にむかいあってすわると、馬車はすぐに走りだす。

自分はすぐ顔に出るたちだった。そのときも怪訝そうな顔をしていたのだろう。こちらが訊く前に、満洲に銀座なんてないと思っているんだろう、行ったら驚くぞとわらった。いえそんなと否定する自分に、満洲では馬車のことをマーチョ、人力車のことをヤンチョというと、東堂技師は説明を始めた。

道すがらも、これが児玉公園、あっちが新京神社と、東堂技師自ら観光案内をしてくれる。

関東軍司令部はビルのてっぺんに天守閣が載った造りで、一際目立つ。

電柱が見当たらないので電気が通ってないのかと思って訊くと、すべて地下に埋設しているのだという。便所も水洗が普通で、一般家庭にも水道はもちろん、電気、ガスまで通っていると東堂技師は自慢げだ。行き交う馬の後ろ脚には袋を吊って、ふんが道路に落ちない工夫までしている。渡るのに戸惑いをするほど広い道路の両側に、電柱代わりに立っているのは、日差しを遮る街路樹だ。

並木道はどこまでも続き、さやさやと鳴る葉蔭をマーチョで進む。日本とはくらべようもなく美しい街だ。今もあちこちで高層のビルが建てられている。その勢いに圧倒された。

満洲はこれからの地だ。私も若返るようだよ。なんでもできる気がしてな。

東堂技師はわらった。

名だたる建築家たちが、自分の腕を試したくて満洲にやってくる。まるでビル建築の見本市だろう。満洲は壮大な実験場なんだよ。建築家は建築の、医師は医学の進歩のため、思う存分実験ができる満洲にやってくる。気象学者は気象学の発展のためにね。満洲にはなにしろ、台風がないからね。余計な事象に惑わされず、純粋に気象を研究できる。

台風は余計な事象でしょうか。

訊いてすぐに、ばかな質問をしたと赤面した。

もちろんだよ。不確定要素が多過ぎる。台風があるせいで、日本の気象研究はすすまないんだ。満洲なら、台風に邪魔される前の、純粋な気象が研究できる。

東堂技師はそう言うと、さも愉快《ゆかい》そうに、からからとわらった。

新京銀座は、内地の銀座に負けない賑わいぶりだった。しかも、建物はみな、一様に新しい。道行く人たちも若い人たちばかりのように見えた。

れんが造りの洒落た建物に入ると、洋食をご馳走になった。切り身にして骨も取って焼いた魚に、ご丁寧にソースまで掛けてあるのを、銀のナイフとフォークでおっかなびっくりいただく。

釣りがすきだった父が多摩川で釣ってきた鮎《あゆ》を、母は塩を振って焼いてくれた。あの味にはとても敵わない。魚は塩焼きが一番だと改めて思いながら、東堂技師には、こんなにうまいものを食べたことがないと感謝する。

そういえば、自分が喉に骨を立てないように、母は魚の骨を取って食べさせてくれたものだった。軟弱だと怒る父の目を盗んで。今思っても、母は一人息子の自分に甘かった。

筍《たけのこ》のようなねぎのような、見たことのない野菜も出た。舶来物らしいアスパラガスというその名を聞いて驚くと、東堂技師はアイスクリームを食べながらわらった。

満洲には、なんでもある。世界中から集まってくるんだ。うまいものも、優秀な人材も。

自分は頷いた。

アスパラガスはきめ細かく、柔らかかった。これなら近ごろめっきり歯がわるくなった母でも食べられるだろう。

帰るたびに小さく、弱くなる母は、自転車屋だった名残りのだだっ広い土間のあるあの家で、今ごろひとりで何を食べているのだろうか。


気象隊に戻る途中、東堂技師は、そうだ国務院を見てないなとマーチョを反対方向に走らせた。路面電車と並んで南にむかって走っていくと、日本の国会議事堂に似た、左右対称の白亜《はくあ》の建物が見えてくる。

あれが国務院だ、ちょっと降りようと、東堂技師が支払いをすませ、ともに並木道に降りた。そのとき、鋭い声が響いた。

帝国軍人に支払いを求めるとは何事か！

見ると、憲兵の腕章をつけた若い男が、ヤンチョの車夫をどなりつけている。

誰がおまえらを守ってやってるんだ！

どうやら憲兵の威光を笠に着て、ヤンチョの支払いを踏み倒そうとしているらしい。払ってくれと憲兵に追いすがった車夫を、憲兵は軍刀で殴りつけた。

驚いて立ちすくむ自分の横を、東堂技師がすっと通りこし、激昂している憲兵に近づくと、穏やかに声を掛けた。

これこれ、それくらいにしないか。

言いながら、地面に倒れた車夫を抱き起こす。自分もあわてて駆け寄り、手を貸した。制服と、藍に五つ星の胸章に、軍属のくせにと侮る色が一瞬見えたが、技師は高等官で将校としての待遇を受ける。若い憲兵はあわてて敬礼し、東堂技師にさあさあと促されるまま、殴られて鼻血を出した車夫に支払いをした。

真新しい国務院を見上げた後、満洲国皇帝の宮廷府の建築現場を歩きながら、自分は呟いた。

満人はかわいそうですね。

満洲では、ヤンチョを曳く車夫も、建築現場で働く苦力も、みな満人だった。大豆を円盤状にしたものをいくつも肩に載せて運ぶ苦力も列車の車窓から見かけたが、やはり半裸の満人だった。肉体労働の現場で日本人を見ることはついぞなかった。五族協和を謳いながら、肉体労働をするのは決まって満人なのだ。

憲兵から満人をかばったくらいだから、大いに賛同してくれるかと思いきや、東堂技師はただ頷いただけで、気象隊の前に派遣されたというノモンハンでの話を始めた。

ノモンハンの激戦は日本でも有名だった。あのノモンハンにいらしたんですかと驚く自分に、東堂技師は淡々と続けた。

満洲に来て一年もたたない間にな。陸軍気象隊がまだ気象部だったころだ。私は予報主任をしていたんだが、急にノモンハンに出勤を命じられてな、飛行機でチチハル経由でハイラルに着いてな、採塩場という前線基地、最前線に送られたんだ。気象予報が任務だから非戦闘員なんだが、そんなこと、ソ連軍は気づかっちゃくれない。奇襲攻撃を受けて死ぬかと思ったこともあったよ。

よくご無事で、と自分が言うと、東堂技師は頷いた。

死を覚悟して気象予報の任務に努め、軍の作戦に貢献していたんだが、ある朝、第二飛行集団司令部からの電報を受け取ってな、急遽《きゅうきょ》新京関東軍気象隊に復帰せよというんだ。取るものもとりあえず飛行機に飛び乗ってな、原隊復帰したんだ。

その日は八月二十日。私がノモンハンを離れたちょうどその日のことだった。ソ連軍が総攻撃を開始したのは。

驚く自分に、東堂技師はなお声をひそめるように続ける。

兵力、鉄量で圧倒するソ連軍の機械化部隊に、無敵といわれる関東軍はなすすべもなかったそうだ。ソ連軍は戦線を拡げすぎて補給困難に陥っているという話で、関東軍はすっかり油断していたしな。壊滅的な損害を受け、私の勤務していた採塩場も甚大な被害を受けた。私は命拾いしたわけだ。

そんなことがおありだったとは。

ほっと息を吐く自分を見ずに、東堂技師は吐き捨てるように言った。

死ぬやつは死ぬし、死なんやつは死なんのさ。

自分はまじまじと東堂技師を見る。

すべては運次第だ。満人はかわいそうだが、満人なんかに生まれたのが運のつきだ。運の良し悪しを嘆いてもしょうがない。

丸太で組んだらしい不安定な足場に立ち、ゆらゆらと揺れながら作業をする満人を、東堂技師はにらむようにみつめながら言った。


丙種気象演習とは、気球による満洲上空の気象観測を行い、気球による爆弾攻撃が可能かどうかを判定することを目的とするものであり、その研究は東堂技師を長とし、その腹心二十名足らずの者だけで編成された関東軍直轄特別研究班によって行われた。関東軍気象部に所属するものの、研究自体は関東軍参謀部作戦課の特別指揮下におかれ、関東軍気象隊長すら、研究室に立ち入ることが許されない、極秘研究だとされた。

自分はこの研究班の一員となれたことが誇らしくてならなかったが、最初に気球を見せられたときには、正直言って失望の色を隠せなかった。極秘研究と言いながら、ただの気球じゃないかと思った。

広げると座敷ほどもある大きさで、ゴムでできているわけでもないのに、柔らかくしなやかで、丈夫そうだった。

これをふ号装置という。何でできているか当ててみろと東堂技師はおかしそうに言った。

ふ号ということは、もしかして、紙風船ですか。紙でできているんですかと自分が言うと、東堂技師は明らかにいやな顔をした。

風船と言うな。気球だ。
すみませんと、訳もわからず自分は頭を下げた。
まあ紙でできているのは当たりだ。紙とこんにゃくのりでできている。純国産だ。資源の乏しい我が国でも量産できるし、ゴムより軽い。東京の陸軍科学研究所が新兵器として開発を進めてきたものだ。満洲において実戦使用に耐えるかどうかは、これからの我々の演習の成果にかかっている。

東京から派遣されてきた陸軍科学研究所の所員から和紙製気球の性能や取り扱い方を学ぶと、早速に、新京南嶺の気象隊の構内で、気球を使っての気象観測が始まった。

これは気象観測と同時に、気球の扱い方を習得するものだったが、人目を避けなくてはならず、月のない夜しか行えない。十一月ともなると、夜は零下二十度まで冷えこむ。初めての満洲の冬に、毛皮の帽子に毛皮の手袋をして挑む日々を続けていると、そのうち、近くの営舎の歩兵部隊に見られたのだろう。南嶺の気象隊あたりで、夜な夜な火の玉が飛ぶという噂が立った。

参謀部作戦課はこの噂を重大に受けとめ、秘密確保のために、なんと歩兵部隊による夜間演習を開始させた。あわせて気象隊の演習はその夜間演習の後、深夜から明け方にかけて行われるようになった。寒い夜に駆りだされて、意味もない照明弾を打ちあげさせられた歩兵部隊には気の毒だが、この処置により、火の玉の噂は立ち消えた。

たかが気象観測と気球運用実習のために参謀部作戦課がここまでするのは尋常ではない。よほどに丙種気象演習を極秘にしておきたいんですねと言うと、東堂技師は頷いた。

だからこそ、丙種気象演習としてな、秘匿《ひとく》性を高めたんだ。

自分にはその意味がわからず、甲種や乙種よりもということでしょうかと訊いた。以前から、丙種ということは、ほかに甲種や乙種があるはずだと思っていた。

東堂技師は、甲乙丙丁で劣っているように思うんだろうとわらった。これは極秘研究を隠匿するための名だ。丙種なら劣った研究だと見せかけ、大したことはないと思わせ、敵の目を欺く。実際は極秘研究というわけだ。

東堂技師の言葉になるほどと頷く。

ふ号もそうだ。気球といったら使用方法が推測できてしまうからな。おまえみたいに、ふ号のふが風船のふだとわかっても、風船といえば何に使うかわからない。それにしても、風船はないけどな。

東堂技師はふ号を風船とは言わず、常に気球と呼んだ。

中央陸軍のように、風船などと呼びたくない。

技師としての矜持《きょうじ》がそこにはあった。

こうして二年間に亘《わた》っての丙種気象演習は続き、二度目の春に東堂技師は演習の成果をまとめ、満洲における気球による爆弾攻撃作戦は、気象学上十分に可能であるという結果を報告した。すると、すぐに参謀部作戦課から、ウラジオストクを始めとするソ連沿海州《えんかいしゅう》二十数都市を爆撃するための資料を提出するように求められた。東堂技師の指示で資料の作成を急ぎながら、自分はそのとき初めて、ふ号装置の攻撃目標は沿海州であることを知った。

ソ連とはノモンハンの激戦で辛くも停戦し、今は中立条約を策定しているはずなのにいいんだろうかと思ったが、東堂技師はもちろん、ほかの誰も何も言わない。自分も疑問を口にしないまま作業を続けているうちに、日ソ中立条約が調印された。それでも誰も何も言わない。無事に、求められた沿海州攻撃のための資料を作成し、提出をすませた直後、独ソ不可侵条約を破って、ドイツがソ連に侵攻したというニュースが入ってきた。

東堂技師はもちろん、同僚たちもこれを好機と見て北進すべきだという意見が圧倒的で、不可侵条約を気にかける者など誰もいなかった。思わず疑問を口にした自分は、島田はこどもだなとわらわれ、そんなことを言っていたら関東軍が満洲に存在する意味がなくなるじゃないかと呆れられた。自分は恥ずかしくなって赤面した。つまらないことに拘泥《こうでい》していた自分は、まだまだ甘い、未熟な人間だと思い知らされた。

結局、関東軍が望んだ北進は、ソ連がドイツと戦線を開きながらも極東の兵力を保持しつづけているという諜報部の報告をもとに、見送られた。日本は南進政策をとり、その年の暮れ、米英に対して宣戦布告し、戦争が始まった。開戦に伴い、支那との戦争を合わせて、大東亜戦争と呼ぶことが定められた。

東堂技師が少佐になったのはその直後だった。陸軍技師となって五年、技師でありながら従軍し、ノモンハンでの前線基地で作戦に貢献した功績と、二年に亘る丙種気象演習の成果が認められ、文官から武官へ、それも尉官を飛び越していきなり佐官を任官したのだった。共に苦労を分かってきた自分には、まるで我がことのように晴れがましく感じた。

ところが、東堂技術少佐は、初めて袖を通す軍服を照れくさがり、軍刀も持て余して丸腰で歩き回る。隊の中ではともかく、外では帯刀していないことには格好がつきませんからと各務中尉に説得され、出勤時だけはしぶしぶ軍刀を吊っているようなありさまだった。敬礼を受けるのも恥ずかしがり、照れくさそうにわらいながら部下に頭を下げてしまい、周りの失笑を買っていた。

そのころ日本軍は快進撃を続け、マニラ、シンガポール、ジャワ、香港、グアムと南方作戦の目的地をどんどん占領していっていた。華々しい戦果に沸き立つ南方からの知らせを聞きながら、東堂技術少佐率いる、自分たち関東軍直轄特別研究班は、参謀部作戦課の指令で、初めての極秘実戦演習を行っていた。

新京から東北に七十キロほど離れた吉林省《きつりんしょう》下九台《しもきゅうだい》街区を特定地点とし、ふ号装置による爆撃を実際に行えというものだった。さすがにこの指令には東堂技術少佐も反発し、いくら満人とはいえ、死傷者を出すわけにはいかないと、下九台変電所を特定地点とした。また、所員の犠牲が出ないよう、夜間の攻撃とした。

もし放球した気球がそれたら、街区に落ち、犠牲者が出るのはまちがいない。小心な自分は何度も計算をし直し、直径四メートルの気球を五個放球したときには、心臓が止まりそうだった。緊張で顔面蒼白となっている自分を見て、年嵩《としかさ》の技師は、どうせそれても、死ぬのは満人じゃないかとわらった。

結果は大成功だった。気球はすべて下九台変電所構内に落下、下九台街区全体が停電した。死傷者は一人もおらず、停電の理由も不明なまま終わり、極秘演習が知られることもなかった。

一週間後、ふ号装置の実戦演習の成功に喜んだ参謀たちに認められ、切望していた独立の気球専門の部隊が新設されることになり、関東軍直轄特別研究班はそのまま、新設中隊の中核を成すこととなった。東堂技術少佐はその中隊長に任命された。

いまだに答礼に慣れず、部下に自分から敬礼してしまう東堂技術少佐は、この名誉ある任命を迷惑がって頭を抱えたが、実際の部隊指揮や訓練は兵科将校二人をつけてやるから、そいつらに任せればいいと説得され、しぶしぶ拝命した。

とはいえ、百人もの部下の長となっては、いつまでもひっこんでいるわけにはいかない。東堂技術少佐が遅まきながら軍刀礼を友人に習いはじめたころ、連戦連勝の知らせに沸いていた日本本土に、米軍機による初めての空襲があった。

東京、横浜、名古屋などの各都市は、双発爆撃機十六機による空襲を受けたという。その知らせを聞いて、てっきり多摩の実家もやられたと思った自分は、せめて、どうか爆弾が、いつも茶の間にいる母に当たらず、あのがらんと広い土間に落ちてくれるようにと祈った。母にも自分にも厳しかった亡き父に、せめてそれくらいは母のためにしてやってほしいと願った。

幸い、陸軍気象部も、多摩の実家も、東堂技術少佐やほかの技師たちの地元なども無事だった。死者も全国で数十名にとどまったという。

圧勝していると浮かれていただけに、本土空襲があるなどとは誰も思いもしていなかった。てっきり友軍だと思って低空飛行してきた爆撃機に手を振り、旗を振って激励した人までいたという。

双発爆撃機十六機は、日本国土を爆撃しながら横断し、海を渡って、浙江省《せっこうしょう》から江西省にかけての浙贛《せっかん》と呼ばれる地域の支那軍飛行場に着陸したらしい。

米軍機がおそろしいほどの航続距離を持つことに驚愕した。気球なぞの研究を続けている場合ではないのではと、思わずもらした自分に、気球には気球の役割があると東堂技術少佐は言った。

その数日後、満洲関東軍気象隊に再編成の指令が下り、東堂技術少佐を長とする臨時教育中隊が新たに編成されて、黒竜江省《こくりゅうこうしょう》ハルビン市近郊の平房に移駐するよう命じられた。

東堂技術少佐生まれて初めての軍刀礼を皮切りに華々しく出発し、移駐した自分たちの部隊が辿りついたのは、どこまでも凍土の広がる荒野だった。新京では芽吹きはじめていた緑が、はるか北のこの平房の地には、まだ一本も見えない。

そこになんの装飾もない、コンクリートで固められた巨大な建物がそびえ立つ。厳重に塀で囲まれ、草一本生えていない荒野と隔絶しているが、列車の引込線だけが建物に飲みこまれるようにつながっている。見渡す限り、ほかには一軒のあばらやもない。地平線まで荒野が広がるだけだ。

新京の部隊の営門を出たときに抑えこんだ笑いは、まだそれぞれの胸にあり、移動中はみな陽気だった。そもそも技術部上がりの隊員と軍属の多い臨時教育中隊は、規律もそう厳しくはなく、長が東堂技術少佐ということもあって、のびのびしていた。

その隊員たちが一様に押し黙った。

そこが移駐先の関東軍防疫給水部だった。

こんな荒野で行われる極秘研究があるとは、自分は知らなかった。

そして、自分はそれを知りたかったわけではなかった。

関東軍防疫給水部は七三一部隊とも呼ばれ、二年前の新京でのペスト流行では臨時ペスト防疫隊としてペストを封じこめた活躍で名を上げており、部隊長の石井四郎《いしいしろう》軍医少将を知らない者はいなかった。

ここではチフスやコレラ、そしてペストの研究が行われていたが、しかしそれは防疫のためではなく、感染を広げるためのものだった。大きなねずみの飼育施設があり、ペストに感染させたねずみの血を吸わせ、大量のペスト蚤を確保していた。ペスト蚤は爆発の衝撃や熱に耐えられないので、容易に割れる陶器製爆弾が開発され、宇治《うじ》式という優美な名を持つその爆弾は、窯《かま》で焼かれて大量に製造されていた。

自分はここで初めて、気球に載せるものがただの爆弾ではなく、細菌兵器であることを知った。

東堂技術少佐に、細菌兵器の使用は国際法上、禁止されているはずですがと切りだしたのは、内地の気象部時代から一緒だった技師だった。

東堂技術少佐が口を開く前に、傍の兵科将校、各務中尉が、たしかに細菌兵器の使用は大正十四年のジュネーブ議定書で禁止されていると答えた。それならとたたみかけようとする技師を制して、各務中尉は続けた。

しかし、日本政府は議定書に調印はしたが、批准《ひじゅん》はしていない。そして細菌戦は必要な作戦である。既に寧波《ニンポー》でペスト蚤は投下され、戦果を挙げている。米軍機を着陸させ、本土空襲を助けた浙贛地方の支那軍基地への攻撃にも使用されることになっている。

各務中尉の言葉は熱を帯びた。

これ以上の内地市民への無差別攻撃を許すわけにはいかない。細菌戦が日本本土空襲をも防ぐのだ。

そうでありますかと答えると技師は黙った。

しばしの沈黙の後、東堂技術少佐は一言、しょうがないんだよとだけ言った。

それから自分たちは、部隊内の航空補給廠兵舎を営舎とし、ペスト蚤を始めとする細菌兵器と宇治式爆弾の扱いを学んだ。病毒性の強いペスト菌の扱いは特に難しく、実習時には完全防備で挑んだ。部隊でも時折感染する者がいるらしく、一旦感染したら、十人に八人は助からないという。

二年前に新京で起きたペスト流行も、実は七三一部隊が新京から五十キロしか離れていない農安《のうあん》に撒いたペスト蚤のせいだった。あのときは街のあちこちに検問所が設けられ、マスクをしていないと通してもらえなかった。農安で飼われていた犬を介し、その犬を飼い主が新京の家畜病院に連れていったことから広がったのだという。

ということは、ペスト禍を抑えこんだと讃えられた関東軍防疫給水部の自作自演だったというわけかと、もうそのころには大概のことには慣れて、自分も苦笑いを浮かべながら、雇員同士で噂しあうようになっていた。

陶器製の宇治式爆弾は、もともと陶器製濾過《ろか》装置で名を馳せた石井隊長率いる部隊ならではの発想だ。資源の少ない日本でもこれならいくらでも量産できる。紙製気球といい、日本人開発者のその叡智《えいち》に感心せずにはいられなかった。

細菌兵器の開発には人体実験も必要で、部隊内には人体実験に使われる満人が収容されているという話にも、もう驚かなかった。

実験しないことには、何も始まらないからな。

年嵩の雇員が訳知りげに言った。

しょうがないですね。

自分は東堂技術少佐のまねをして、神妙に頷いた。

自分だってほとんど命懸けでペスト蚤を扱っている。

そして、浙贛を制圧することは、本土空襲を防ぐことであり、それはすなわち、郷里の母を守ることであった。

本ばかり読んでいた自分を気に入らぬ父からの折檻《せっかん》を、いつもかばってくれた母。一人息子でありながら陸軍気象部で働くことも、母がいなくては叶わなかった。その母をアメリカの空襲なぞで死なせるわけにはいかない。

満洲の荒野ではなんの役にも立たない幼稚な理想主義を振りかざすほど、自分はもう、こどもではなかった。

初めて満洲にやってきたとき、満洲国皇帝の宮廷府の建設地を歩きながら、東堂技術少佐が言った言葉を思いだす。

満人はかわいそうだが、満人なんかに生まれたのが運のつきだ。

東堂技術少佐は、もう既にあのころから知っていたのだ。

九月になると、関東軍気象隊が連隊に昇格し、第二気象連隊となった。三個中隊から六個中隊に増強されたうえ、新たに第七中隊が編成された。そして、東堂技術少佐率いる臨時教育中隊は、新設された第七中隊となった。

ところが、第七中隊の新設にあたって、東堂技術少佐は中隊長をやめさせられ、兵科将校の各務中尉が初代中隊長を任された。東堂技術少佐は技術指導官として中隊にとどまることになった。

さあさあ、これからは頼むぞ。連隊になって正式の中隊が編成された以上、軍刀札もできない中隊長じゃ困るからな。

居心地のわるそうな各務中尉に、東堂技術少佐はそう言ってわらい、その厚い肩をばんばんと叩いた。

十月になる前に、平房からの撤退命令が出て、各務中尉率いる第七中隊は新京南嶺の連隊駐屯地に復帰した。冬になる前に平房を離れられたのは幸いだった。

平房にいたのはわずか半年だったが、細菌と細菌を入れる陶器爆弾の扱いは十分に学べた。その後は黒龍江省平安鎮《へいあんちん》に移駐し、爆弾を模した砂嚢《さのう》を吊ったふ号による夜間演習をくりかえした。

暇になった東堂技術少佐は、気球に爆弾ではなく兵士を載せ、夜陰に乗じて音もなくソ連領に侵入し、攻撃する隠密空輸挺進法を立案し、採用され、関東軍総司令部参謀部作戦班付を命じられた。

翌年、ガダルカナル島の日本軍が転進した。転進というと聞こえはいいが、要は敗退したということらしい。とはいえ、どこにあるかもわからない南方の話だと思っていたら、満洲でも特急列車あじあの運転が休止された。大東亜戦争激化のためという建前だった。まもなく、アッツ島の守備隊も玉砕した。

気球中隊とも呼ばれるようになった第二気象連隊第七中隊は、平安鎮でふ号演習を重ね、爆弾だけでなく、挺進員を空挺する演習も行うようになった。演習は成功続きで、百キロも離れた目標地点に落下もしくは降下させる場合、誤差が二キロ以内に収まるようになっていた。

もうすぐ満洲に来て五度目の冬を迎えようというころ、自分は新京に呼び戻された。参謀部作戦班付となって一足先に新京に戻っていた東堂技術少佐が、ややあみんな、よく戻ってきてくれたと出迎えてくれた。今回は自分だけでなく、これまで東堂技術少佐にかわいがってもらっていた軍属ら数人も一緒だった。

平安鎮における諸君の演習の成功により、いよいよ関東軍挙げて、ふ号作戦がすすめられることとなった。

東堂技術少佐の言葉に胸が熱くなる。これまでの苦労がやっと報われるのだ。

ところが肝心の気球がない。関東軍から陸軍兵器行政本部に要請したが、どうやら日本陸軍のほうでもふ号兵器による作戦をすすめているらしく、関東軍の要請に応じることはできないと断られた。陸軍はアメリカ本土を狙っての作戦らしい。

東堂技術少佐は肩をすくめた。

物資不足は満洲のこの地にも及んでいた。久しぶりに新京に戻ってまず気づいたのは、高等女学校の女学生の制服が変わってしまっていたことだった。洋服地の節倹のためということで、へちま襟とやらいう、内地も外地も一緒の、地味な小さい襟になっていた。その変化は、制服がスカートからズボンになったことよりも、自分には衝撃が大きかった。かつてのセーラー襟の制服は、田舎育ちの自分にはとても近づけないと思わせるほどに気品があり、遠目に見て憧れていた。女学生の制服の襟のわずかな一片を惜しむことがどれほどの節倹になるんだろうと、自分は怒りに近いものを感じていた。

そのうえ、なんでもかんでも陸軍に張りあわないではいられない海軍まで、独自で気球兵器の開発を始めたらしい。奴《やっこ》さんたちはなにしろ、潜水艦を持ってるからな、アメリカ本土に近づいて放球する気だ。

東堂技術少佐の言葉に、自分たちは目を見合わせてわらう。陸軍と海軍の小競りあいは、雇員の間でも有名だった。

まあ、とにかく、そういったわけで、われわれ関東軍は関東軍独自で気球作戦遂行のための気球を準備しなくてはいけなくなった。陸軍は、和紙統制組合に協力させ、全国の和紙をふ号兵器製造のために押さえてしまったらしい。

自分はそのとき初めて、東堂技術少佐が、ふ号を装置ではなく、兵器と呼んでいることに気づいた。それは兵器行政本部がふ号の生産を承認し、正式に兵器として認められたということだった。

もともとソ連沿海州を攻撃目標として研究開発されたものとはいえ、今では気球製作についても陸軍のほうがすすんでいるようだ。原紙調達はこっちでなんとかするとして、気球製作については、有能な諸君に東京でその技術を学んできてほしい。なに、登戸《のぼりと》でできることなら諸君にもできる。

その口ぶりは防疫給水部隊の石井部隊長の受け売りだった。登戸でも細菌兵器の開発研究をしていたが、彼は登戸は下っ端の集まりだと侮っているという。平房にいたとき、何度か見かけた石井部隊長はずいぶん立派に見えた。小柄な東堂技術少佐とは対照的で、東堂技術少佐は石井部隊長に心酔しているようだった。

東堂技術少佐のたっての願いに応え、自分たち軍属五人は東京に戻り、登戸にある第九陸軍技術研究所第十一研究室において、ひと月の気球製作技術研修を受けた。

陸軍では、東堂技術少佐が言っていた高層の西風を初めて計測し、その西風が強い十一月から三月までの間に一万五千発ものふ号兵器をアメリカ本土にむけて放球することを計画していた。西風に乗れば、時速二百キロメートルで飛び、二昼夜でアメリカ西海岸に到達するという。ふ号に積む牛疫《ぎゅうえき》ウイルスや黒穂《くろぼ》病、炭疽《たんそ》菌も研究がすすんでいるようで、攻撃目標が変わると細菌兵器も変わることを知った。

研修の合間に一度だけ休暇をもらい、多摩の実家に帰った。母はまた一回り小さくなったようだった。がらんとした土間の奥の茶の間で、むかいあって茶を飲んだ。

研修に満洲から寄越してくれるほどに、おまえは目を掛けてもらっているんだねえ。

母は目を細めて喜んでくれた。

なんの研修なのか、母は訊かなかった。


新京に戻ると、気球の材料となる原紙は朝鮮で生産されたものが用意されており、その実際の作業にあたる、四十名もの女子軍属まで、内地から集められてやってきていた。関東軍技術部に第六科が新設され、気球製作がすすめられた。工程によって四班に分かれ、一班から順に、原紙作製作業、原紙の耐湿化及び柔軟化作業、原紙裁断及び貼りあわせ作業、そして検査及び補修と塗装作業が行われた。

自分は第一班の原紙作製作業を任された。内地で募集に応じてやってきた女子軍属は、関西地方出身者が多いらしく、柔らかな口ぶりでしゃべる。作業の説明を受けて、あれ、朝鮮でも紙漉《かみす》きできるんやわあとわらうので、紙漉きはもともと、朝鮮から日本に伝えられた技術らしいよと言うと、嘘やわあとまたわらった。

それでも作業が始まると真剣そのもので、内地ではありえない零下二十度の寒さに耐え、乾燥用貼り板の漆にかぶれても、文句ひとつ言わないで黙々と作業を続けてくれた。顔まで腫れあがった若い女子軍属は、それでも、お国のためやからねえとわらうだけだった。

物資不足で統制が厳しくなり、特にガソリンなど燃料となるものはどこでも不足しがちだったが、関東軍技術部第六科では、必要なものはなんでも支給された。女学生の制服の襟まで節倹しているというのに、あるところにはあるんですねと感心する自分に、この作戦は関東軍の肝煎りだからなと年嵩の技師は言った。

満洲国と関東軍には独自の財源があるんだよ。だから関東軍がやろうと思えばなんでもできる。いくらでも財源はあるんだから。

自分は、ハルビン郊外の平房に建設された、巨大な関東軍防疫給水部の施設を思いだした。どんな財源なんですかと驚く自分に、技師は作業中の女子軍属を憚って、声をひそめた。

シオだよ。シオを専売して、大儲けしてるらしい。

塩で大儲けできるんですかと間抜けな問いを返した自分を、技師はせせらわらった。

本当の塩のわけないじゃないか。阿片《あへん》のことをシオって呼ぶんだ。

でも阿片は禁止されていますよね、と言いたくなる気持ちを自分はぐっと抑えた。そんなことを言ったら、きっとまたわらわれてしまう。

阿片を広めないために満洲国が管理するっていって、独占してな、満人に売りつけて大儲けしてるのさ。表向きは知られないようシオっていってな。社員の家族なんかでも、夫や父は本当に塩の専売公社で働いているって信じてるらしいぜ。阿片を栽培している内蒙古では実際に塩も採れるしな。

自分は舌を巻いた。まだまだ自分はこどもだと恥ずかしくなった。せめて驚いていないふりをした。

島田はなんにも知らないな。

それでも結局、技師にはわらわれてしまった。


昭和十九年の五月になって、関東軍の機動第二連隊と気象連隊第七中隊の三百人合同で、第二次ふ号演習が行われた。これまでのふ号による爆弾輸送演習に加え、東堂技術少佐が立案し、訓練が重ねられてきた隠密空輸挺進法を初披露する晴れの場だった。

ところが、総軍司令部の長《ちょう》少将と宮田《みやた》参謀が指揮する関東軍直轄演習だったにもかかわらず、演習は大失敗となった。梅津《うめづ》総司令官と河辺《かわべ》第二航空軍司令官が見守るなか、なんと、気球に乗った挺進員が降下できなくなり、追ったトラックも気球を見失い、行方不明となってしまったのだ。

結局、挺進員の曹長は気球が降下したタイミングで飛び降り、幸いにもけがもなく、七時間後に歩いて帰還したが、司令官たちの心証はわるくなり、隠密空輸挺進法の採用は取り消されてしまった。東堂技術少佐は落胆の色を見せず、帰還した曹長を責めることもなく、むしろよく帰ってきてくれたとその労をねぎらった。

以後は隠密空輸挺進作戦に使用する直径六・七メートルの気球の製作は停止し、細菌爆弾を搭載する直径六メートル気球の生産にのみ注力するようになった。

マリアナ沖海戦で敗退し、絶対国防圏が崩壊した今となっては、起死回生の決戦兵器とされ、本土では、ふ号兵器によるアメリカ本土攻撃が正式に承認された。ふ号作戦は、絶対国防圏崩壊の責任を取って総辞職した東條《とうじょう》英機《ひでき》首相の置き土産となったのだ。

全国の高等女学校の生徒を動員し、京都では祇園《ぎおん》甲部歌舞練場、東京では日劇や有楽座、両国国技館まで使用して生産をすすめているという。和紙製気球が中心で、海軍が開発したゴム製気球は性能はいいが有圧式で破裂の危険があるということで結局生産中止となり、今は陸軍のみがふ号兵器を生産しているらしい。放球基地も決定し、土地家屋の接収もすんで、後は一万五千発のふ号の完成と十一月の西風を待つばかりだという。

陸軍のふ号の放球地点の選定にあたっては、万が一にもソ連方向に飛ばないよう、太平洋側にすべての地点が選ばれたという。実験の際、風の具合で西に飛び、日本海まで出てしまったふ号を、爆撃機が出動して撃ち落としたという噂もあった。

なにしろ、北方静謐《せいひつ》確保だからな。

東堂技術少佐は言った。このごろとみに聞く言葉だった。

昨年から、関東軍では、どんどん兵力が引き抜かれて、南方へ送られていた。気象連隊第七中隊に深い理解を寄せてくれていた総軍司令部の長少将は、勇者揃いの関東軍の中でも勇猛果敢で知られていたが、その長少将まで南方へ送られた。ふ号による隠密空輸挺進員として訓練を積んでいた機動第二連隊も一緒だった。無敵百万の関東軍と呼ばれたその姿は、今ではすっかり張子の虎と化していた。

それでも戦局を好転させることはできず、結局サイパン島も玉砕し、日本本土空襲を許すこととなった。サイパンに送られる予定だった長少将と機動第二連隊は、激戦を控える沖縄に送られた。

以来、北方から攻撃を仕掛けられないよう、国境付近でソ連を刺激するようなことを避けよというのが、大本営から関東軍への至上命令となっていた。

防衛圏が変わったな。

それまでは、満洲国そのものが、ソ連の南下を防ぎ、日本本土を守る砦だったが、関東軍は密かに南下をすすめていた。防衛圏は朝鮮国境まで下がり、満洲を捨て駒にして日本本土を守るつもりなのだ。

自分は独り身だったが、東堂技術少佐には新京でともに暮らす妻子がいた。

なんとしても、気球爆弾でソ連を足止めしなくては。

あいかわらず、風船とは決して言わない東堂技術少佐だった。

その年の暮れから始まった、サイパン島からの日本本土空襲とともに、昭和二十年の年が明けると、ソ連の侵攻は十月と想定された。それまでに気球の量産を急がなくてはならない。

間もなく関東軍補給廠第三一〇〇部隊に気球製作部が設置され、人手不足解消のために、新たに内地から五十名もの女子挺身隊員が集められた。それでも人手が足りず、日本本土に倣って、新京敷島高等女学校の女学生を動員することとなった。部隊が南下して空いた、敷島高等女学校近くの独立守備隊、通称第四連隊を使用して原紙製造から行い、満球テストは映画館を接収して行うことになった。

ソ連の侵攻をなんとしても先延ばしにしなくてはいけない。

北方静謐確保。北方静謐確保。

自分たちは呪文のようにくりかえしながら、ふ号の生産に明け暮れた。


「何をしている！」

自分は思わず叫んだ。

第四連隊の工場の廊下をうろうろしていた女学生二人は、飛びあがらんばかりに驚き、頭を下げた。

「すみません」

「すみません」

二人は一様に謝るが、謝るだけで何をしていたかは言わない。

「あの、わたくしたち」

頬を赤らめたその顔に、自分ははっと気づいて、廊下の先を指差した。

「お手洗いはあっちです」

思わず、丁寧に言っていた。

「ほかのところには決して立ち入らないように。いいですね」

「ありがとうございます」

「ごめんくださいませ」

二人はまた頭を下げ、長いおさげ髪だけが後になって、自分の脇をすり抜けていった。

その神妙さに、自分を兵隊さんだと思っているのがわかる。白に星の胸章も、軍属の制服も、彼女たちには軍服と区別がつかないのだろう。

天下の敷島高等女学校の女学生と口をきいたのは初めてだった。田舎では高等女学校の女学生は別世界の人のようで話す機会もなく、ただ遠目に見ていたものだった。

満洲に来ると、内地では考えられなかったそういうことがあった。いつも目をかけていただいている宮田参謀は、ラバウルから転任してきたが、竹田宮《たけだのみや》といううれっきとした宮様だった。ふ号に大きな期待をかけられて、いつもよくしてくださる。寮が近いこともあり、同僚と遊びに行かせてもらうこともあった。女子軍属もよく来ており、奥様まで親しげにおつきあいをしてくださった。

雲上人《うんじょうびと》というんだよ。

宮田参謀のおうちを失礼した自分に、東堂技術少佐は言った。

雲の上の人ってことさ。畏れ多いことに庶民のわれわれとも分け隔てなくおつきあいしてくださり、気球兵器に深い理解を示してくださっている。ありがたいことだ。

東堂技術少佐はそう言うとわらった。

廊下の先から響いた笑い声と重なる。

さっきお手洗いを教えた女学生たちの笑い声だ。年嵩の女子挺身隊員の笑い声より高い。

いつもの年なら、もうすぐ夏休みを迎えるころだ。それなのに、揃いの撃ちてし止まむの鉢巻を締め、へちま襟の制服どころか体操服に吊りズボンを穿き、工場で朝から晩まで働かされている。

それでも品のよさは変わらない。自らをわたくしと呼んだのには驚いた。作業後もお互いにごきげんようとあいさつを交わしている。

宮田参謀が雲上人なら、彼女たちはさしずめ天女というところか。自分には本来関わりのないはずの人たちだった。

母に話したら驚くだろうなと、昨日届いた手紙を思いだす。仮名ばかりで書かれた手紙には、自分の出世を祝い、東堂技術少佐にしっかりお仕えするようにと書かれていた。東堂技術少佐の信頼厚い自分は、雇員でありながら南京攻略戦や極秘研究に関わり、この新京の大都市で肩で風を切って歩くようになっていた。そんな自分に、母の手紙はいつも、中学校も行っていない自分であることを、身の程を思いださせてくれる。

満洲とはいえ、夏は暑い。日差しに額を拭う自分の耳に、彼女たちの笑い声は、この地には似合わぬ風鈴の音のように響いた。

敷島高等女学校の女学生は実にまじめに、懸命に働いた。一心不乱というのはこのことだろう。お手洗いと昼の休憩以外は、一瞬も休まず、一言も無駄話をしないで作業を続ける。しかも、一を伝えれば十まで察してくれる。その優秀さとひたむきさに舌を巻いた。

グリセリン処理の釜場では、ひときわ小柄な女学生がふらつきながら作業を続けていた。大の男の自分でも、釜場はものすごい湯気と熱気で息がつまるほどだ。監督をしていた女子挺身隊員を呼び、具合のわるそうな女学生の持ち場を変えるように伝えた。

釜場を出ると、気球製作部へ戻った。東堂技術少佐に、敷島高女の女学生の奮闘ぶりを伝える。

「さすが新京一の名門の女学生だな。頼もしいことだ」

東堂技術少佐は目を細めた。

「もう関東軍の主力は朝鮮国境まで下がった。ソ連軍の侵攻までには、洮南《とうなん》に気球を送らないと」

五月には、関東軍の防衛圏は新京と大連《だいれん》を結ぶ連京線、新京と図們《ともん》を結ぶ京図線新京以南と変更された。つまりは満洲の大部分、新京よりも北と西は放棄されたのだ。平安鎮からやや新京寄りの洮南へと、ふ号実戦部隊の独立気球第一中隊も移駐していた。

「本土決戦に備えて、なんとしてもソ連軍の侵攻を阻止せねばならない」

「はい」

「陸軍のふ号作戦は失敗に終わったようだが、あれは通常爆弾だからな」

全国の和紙とこんにゃくを押さえ、女学生を動員して、わずか一夏で製造された一万ものふ号が放たれたということだったが、戦果は報道されていなかった。

そもそも、ふ号は細菌兵器として開発されたものだったが、登戸研究所で準備されていた細菌兵器を搭載することは、アメリカの報復を受ける怖れがあるとして、結局、見送られていた。北方静謐確保方針といい、戦争をしているというのに悠長なことだ。大本営の事勿《ことなか》れ主義には、苛立ちをおぼえずにはいられなかった。

「関東軍は関東軍のやりかたで挑む」

東堂技術少佐は明言しなかったが、ペスト蚤を搭載するということは、これまでの話から察せられた。平房で見た、なんとも素朴な宇治式爆弾を思いだす。あのぬくもりのある陶器に、生きた蚤を詰めてソ連の空に放つのだ。

「ノモンハン再び、だな」

ノモンハンの前線基地にいた東堂技術少佐は、窓の外を見た。ノモンハンの戦いでも関東軍は細菌兵器を使用したというが、無人の荒野で、川に撒くしかなく、成果はわからないままだったらしい。

「あと三ヵ月か」

ソ連軍の侵攻は十月とされていた。何をもって十月と推定されることになったのか、自分は知らない。満洲で十月といえばもう冬で、侵攻してくるなら夏のほうが具合がいいはずだった。そして、迎える準備が整わない日本にとっては十月のほうがありがたい。

妙に日本に都合のいい話で腑に落ちなかったが、うっかり訊ねて、またこども扱いされるのもいやだった。

頭を下げながら、女学生たちの笑い声を思いだす。

東堂技術少佐は既に妻子を日本に帰す準備を始めていた。

そのとき、あの子たちはどうなるのだろう。


八月九日未明のソ連軍による空襲で、第三一〇〇部隊は大騒ぎとなった。幸いにも威嚇爆撃で、大した被害はなかったが、ソ連軍百五十万が中立条約を破って侵攻してきたということで、翌朝から各部隊は転進を始めた。第四連隊の工場での気球製造も中止され、気球製作部も転進することとなった。

十一日の夜、東堂技術少佐は気球製作部員を集めて言った。

「無念ながら、ソ連の侵攻が早く、気球爆弾攻撃は間に合わなかった。関東軍総司令部は通化に転進した。完成した気球は証拠隠滅のため、すべて焼却し、われわれ気球製作部も明朝、転進する」

予期してはいたことだった。自分はもう荷造りをすませていた。

「ついては雇員の君たちのうち、三人ばかり、焼却処理に残ってもらえないだろうか」

東堂技術少佐は、後ろに立っていた雇員の自分たちを見た。雇員同士、互いに顔を見合わせる。部隊のほとんどは既に転進したので護衛はなく、ここに留まるということは命の保証はないということだった。

「軍事機密を守るためには、技師たちの身の安全が第一となる。捕虜になればそこから機密が漏洩するからな。また、内地から単身、満洲まで渡ってきてくれた女子挺身隊員には満洲に一切の身寄りがない。彼女らを、なんとしても内地のご家庭にお戻ししなくてはいけない。ぐずぐずしていたら列車がなくなる。どうか、頼む」

東堂技術少佐の妻子は十月までには帰国させると言っていたが、まだ新京に残っている。年嵩の雇員や技師たちにも妻子がいる。

黙っていると、東堂技術少佐と目が合った。

「自分が残ります」

思わず一歩前に出て言ったとき、母の顔が浮かんだ。たどたどしい仮名で書かれた文面も。

トードーセウサニ、オンヲオカヘシスルヤウニ。

「島田、残ってくれるか」

東堂技術少佐の顔が母の顔にかぶさった。

「ありがとう」

「自分も残ります」

「自分も」

自分の後に続いたのは、いずれも独身の若い雇員だった。脱出にあたっては妻子持ちが優先されるべきという暗黙の了解を察しての申し出だった。

「ありがとう。本当にありがとう」

　東堂技術少佐の目は真っ赤だった。

「諸君も知っての通り、ここでの研究開発は極秘で行われた。ソ連軍の侵攻により、この極秘研究が暴かれることがあってはならない。まずは極秘研究に関する資料の一切を処分するように」

　自分は頷いた。平房移駐からの極秘研究は、なんとしてもソ連に知られてはならない。

「それからふ号だ。そして、この極秘研究については、決して口外しないように。いいね」

「はい」

　平房でも今ごろ、こういう訓示が行われているんだろうか。

　荒野にそびえ立っていた関東軍防疫給水部の施設を思いだす。ふ号なら焼けばいいが、あの堅牢そのもののコンクリート施設を処分するのは、爆破でもしない限り、不可能に思えた。

　翌朝、第三一〇〇部隊営庭に集まった気球製作部員は、トラック六台に分乗し、図們から北鮮に入る経路で帰国することとなった。京図線の列車にトラックごと載せてもらって南下するという。

「ありがとう。三人とも、ありがとう。諸君の自己犠牲を無駄にはしない。きっと全員で日本に帰る。諸君もすぐに追いついてきてくれるように」

「はい」

　東堂技術少佐は最後に自分の名を呼んだ。

「島田」

駆け寄る自分の肩をばんばんと叩く。

「必ず帰ってこいよ。いいか。必ずだ」

「はい」

涙があふれた。

「さあさあ、泣くな泣くな」

そう言って東堂技術少佐はわらった。

土煙を揚げて走っていくトラックを敬礼で見送って、ふと、自分は気づいた。

「東堂技術少佐のご家族が見当たらなかったな。一緒じゃないのか」

昨年から勤務を始めたばかりの若い雇員はこともなげに言った。

「みなさん、ご家族は先に帰らせていたようですよ。空襲の後すぐ。釜山《プサン》で落ちあうことになっているみたいですね」

「そうだったか」

自分は涙を拭うと、自分に言い聞かせるように呟いた。

「それなら心配ないな」

トラックのたてた土煙も、もう消えていた。

焼却するとなって、改めて、ふ号の性能の高さを知った。紙でできているはずなのに、なかなか燃えないのだ。大きすぎて焼却炉にも入らず、裁断しようにもその嵩高さに三人ではとても太刀打ちできない。

どこの部署でも貧乏くじを引いた残務処理員が書類を焼却するのに躍起になっていて、焼却炉は二十四時間稼働していた。極秘研究に関する資料は二日がかりで焼却したが、そこにふ号を割りこませる余地はなかった。もたもたしているうちに、市街地では満洲国軍が反乱を起こし、付近でも銃の散発音が聞こえるようになってきた。

「残務整理に残っているのはわれわれのような雇員ばかりで、もはやこの部隊にまともな兵隊はいません。早く引き揚げないと」

武器といっても小銃があるばかりで、しかも自分たち雇員は非戦闘員だ。銃を撃ったこともない。

「あとはふ号だけだしな。こうなったら、ガソリンを撒いて一気に燃やそう」

工場の裏手に積みあげた五十ばかりのふ号兵器にガソリンをかけ、火をつけた。真っ黒な煙がもうもうと上がる。

燃えつきるのを待つ暇はなかった。撤退する最後のトラックに乗せてもらい、自分たちも新京を脱出した。営庭を出た直後には銃撃を受けたが、幸いにも誰も負傷しなかった。

東堂技術少佐以下気球製作部一同がむかった、図們への道を辿る。

途中の道は、日本人の避難民でいっぱいだった。荷馬車に乗るのはまだいいほうで、背中に荷物、両手にこどもの手を引いて歩く者、年寄りを背負って歩く者もいる。根こそぎ動員で兵に取られたのだろう、男の姿は少なく、女こどもと年寄りが多かった。いずれも日本へ、日本へと同じ方向を目指している。

足を引きずるようにして重い荷を背負って歩く人たちを、自分の乗るトラックはどんどん追い越していく。

吉林への途上で、玉音放送を聞き、戦争が終わったことを知った。

日本が負けたとなると、軍属だった自分たちはどうなるかわからなかった。

軍のトラックを乗り継いで、なんとか図們《ともん》まで辿りつき、軍と軍属優先ということで、避難民で既にいっぱいの列車に、後から割りこんで乗った。

「これも軍事機密を守るためだ」

軍属同士、言い訳がましく口にしながらも、途中で見掛けた高齢の女性を思いだす。女の子に手を引かれ、やっと歩いていたあのおばあさんは、母と同じくらいの年齢に見えた。

そして、第四連隊の工場で作業をしてくれていた女学生たちと同じ、白い体操服におさげ髪の少女も。

トラックにはまだ何人も乗れた。でも、あの道を歩いていた人すべてを乗せることはできなかった。

おさげ髪の女学生たちは、ふ号を作っていただけだ。工程別で作業をしていたから、ほとんどの女学生は自分が気球を作っていたということすら、気づいてなかったはずだ。貼りあわせの作業をしていた女学生にはわかっただろうが、その気球に何を積むはずだったかは知りようもない。彼女たちが捕らえられても、軍事機密が洩れることはないのだ。

自分は自分に言い聞かせた。

女学生ら民間人より、自分たちが捕えられるほうが大変なことになる。

しょうがないんだ。

図們はソ連国境に近い。列車に乗せてくれとすがる避難民を鉄道員たちが蹴散らし、発車するが早いか、自分たちは胸章も肩章も引きちぎって窓から捨てた。

初めて見たときにその大きさに驚いた夕日が、沈みつつあった。

誰も風呂に入っていないのだろう。列車の中はすえた匂いと人いきれでむせかえるほどだった。夕暮れの光が窓から差しこみ、誰の顔も赤かった。

ソ連軍の捕虜狩りが怖かった。軍属の制服も軍服と変わらないので、途中で普段着に着替える。白いシャツにスラックスで膝を抱え、民間人の中に身を潜める。

いつかもこうして膝を抱えていた。多摩川べりの草むらの中だった。酔った父の折檻がひどくなると、母は勝手口から自分を逃がしてくれた。

実の父の顔を、自分は知らない。母は幼い自分を育てるために、酔いどれの父のところに嫁いだということはわかっていた。

日が暮れて、酔い潰れた父が寝ると、母が迎えに来てくれる。

あの日のように、自分は膝を抱えていた。

母以外の誰にも、自分がここにいると知られてはならなかった。

両膝を抱える手に力を込める。

闇を走る汽車の中で。


列車は無事に図們に着き、朝鮮に入ると咸鏡《かんきょう》線に乗り換えた。今度は朝鮮半島を南下する。東堂技術少佐たちはどこまで逃げただろう。もうとっくに、日本に辿りついているのかもしれない。

家族を先に逃がし、機密保持のためにと自分たちを残して、帰国の途についた東堂技術少佐。機密保持のためにと軍のトラックに乗って避難民を追い越し、避難民を押しのけて列車に乗った自分。母一人子一人で、郷里では弱った母が待っているというのも、自分だけが優先される理由になぞならない。

「同じ穴の狢《むじな》だな」

自分はひとりごちた。

ずっと、自分は東堂技術少佐に目をかけられていると思っていた。特別に信頼され、期待されていると思っていた。そしてその期待に応えようと努めてきた。自分にとって、東堂技術少佐はただの上司ではなかったし、その命令は、ただの任務ではなかった。会ったことのない実の父はこんなだったのではないかと夢見たことも、一度や二度ではなかった。

けれども、東堂技術少佐が自分を買ってくれ、満洲まで呼びよせ、そばに置いて働かせてくれたのは、それだけが理由ではなかった。

自分には、東堂技術少佐に恩があった。中学校も出ていない自分をかわいがってくれた恩。自分と母を救ってくれた恩。母の言うところのオン。

きっと自分は、恩があるだけに、口が固いと思われていたのだ。

満洲で得たものが詰まっているのか、ぱんぱんに膨らんだ帆布のリュックサックを抱いて眠るとなりの客を眺める。満洲に七年いた自分には、着替えくらいしか得たものはなかった。あんなに懸命に取り組んだ研究は軍事機密である以上、すべて燃やすしかなかった。必死で製造したふ号も燃やした。燃え残りも、今ごろは満人たちに奪われて、跡形もないだろう。

南嶺で、平房で、平安鎮で過ごした日々は思い出ではなかった。二度と口にしてはいけない軍事機密だった。ふ号のために学び、熟練した技術の一切も、忘れなくてはならなかった。自分の満洲での七年は、ふ号を燃やした炎とともに焼け失せた。

列車の速度が落ちるたびに、自分は身をすくめた。民間人だとシラを切りつづけて、釜山まで辿りつき、船で日本に帰った。船を降りてから、ともに帰ってきた二人の雇員と別れた。

民間人を押しのけながら帰ってきた自分たち。もう二度と会うことはないだろう。今となっては、東堂技術少佐の行方も探すつもりはなかった。

自分はひとり列車を乗り継いで、多摩に帰った。

母が待つ家は、何も変わらずにそこにあった。

第五章

軍と満鉄に関係する人たちはさっさと逃げてしまっていたが、わりに政府関係の人たちは逃げ遅れていた。うちを含め、協和会の人たちも、まだみんな残っていた。

それでもとうとう逃げようということになった。行くあてなんかないのに、ただ、港がある南へ逃げて、船に乗って日本へ帰ろうということになった。

「日本のどこに帰るの」

「高知に帰ろう。お父さんのふるさとはね、高知なんだよ。海があって、川があって、山があってね、とてもきれいなところなんだよ」

海も川も山もほとんど見たことがないわたくしたちには、想像がつかなかった。

「ふるさと、みたいだね」

洋子が言った。

「だってふるさとですもの」

母はわらった。母には洋子の気持ちがまた、わからなかったらしい。そして、母がわらう意味が、洋子にはわからなかった。

わたくしには、洋子の気持ちがよくわかった。満洲生まれのわたくしたちにとって、ふるさとの歌は、異国の歌だった。

新京の町には海も川も山もなかった。あるのはなだらかな丘だけだ。そして、地平線と、毎日そこへ落っこちる真ん丸い夕日。

父も母も、もう二度と、この町に戻ってくることはないと思っていた。持っては帰れないけど、捨てるには惜しい着物や道具を柳行李二つに詰めて、李太太《リータイタイ》のところへ運んだ。預かってくれるように頼み、もし、わたくしたちが戻らなかったら、どうぞみんなもらってくださいと頼んだ。

李太太もジャングイも、快くひきうけてくれ、なにも心配するなと言う。

李太太たちは逃げない。

ずっとご近所で、同じ新京の町で暮らしてきたのに、わたくしたちは逃げる。

李太太たちの国はここだった。わたくしたちの国はここじゃなかった。

五族協和。

五族はみんなそろって、同じ方向をむいていると思っていた。大東亜建設を、みんなが願っていると思っていた。

でも、そうじゃなかった。そして、五族の中の日本人が、五族の先頭に立っていたはずの日本人が、他国に襲われたとたん、真っ先にこの国を捨てていく。

十三日の夜明け前に、わたくしたちは出発した。

引き揚げる列車は、もうなかった。貨車の一両も残されていなかった。洗いざらい、先に逃げた人たちが持っていってしまっていた。

協和会の住宅に住むご近所の二十数軒の家族みんなで、ターチョ《荷馬車》組合のターチョを家族分仕立て、積めるだけの荷物をみんなターチョに載せて、新京の町を脱けだした。

わたくしたちは荷物と一緒にターチョの荷台に乗せられた。マーチョ《馬車》とちがって、台板だけのターチョには、腰掛はもちろん、へりも幌もない。荷物はみんな、飛ばされないように、荷台に紐で縛りつけた。

山のような荷物と人を荷台に載せたターチョは、満人の馭者が鞭《むち》打つ馬に曳かれてとことこと、逃げているとは思えないほどに悠長に進む。

あいにくと、わたくしは前日から月経が始まっていた。いつお手洗いに行けるかわからないので、多めに脱脂綿をあてていたけど、心もとなかった。

一日走っても、いくらも進まなかった。その夜は新京の郊外にある、協和会員の訓練所に泊まった。お手洗いがあってほっとした。丁字帯はいくらか汚れていたが、避難中では洗うこともできない。脱脂綿だけ替えて、やり過ごすことにした。

翌日も朝から何事もなく、とことこと南下し、孟家屯まで行った。学徒動員のときは、敷島高女から孟家屯まで、トラックであっという間だったけれど、ターチョなので仕方がない。その夜は関東軍の兵舎に泊まった。もう兵舎は空だった。わたくしたちが作業をしていた兵器廠も。

関東軍はとっくに逃げていて、誰一人いなかった。あのハンサムな岩崎少尉も、みんなにわらわれていたチャンの兵隊さんも。

彼らはわたくしたちを守ってくれているはずだったのに。

そういえば、空襲以来、警察官も憲兵も一度も見かけていない。


翌日は、夜が明けても、出発しなかった。

重大な放送があると知らせを受けたそうで、わたくしたちはみんな、関東軍の兵舎にとどまった。運動場で煮炊きしながら、正午のラジオ放送を待った。

放送は雑音がひどい上に、甲高い声がきいきい響いて、よくわからなかった。

それなのに、大人たちがあっちでもこっちでも泣きだした。わたくしは驚いて、父に訊ねた。

「どうしたの」

父は既に知っていたようで、淡々としていた。

「戦争にね、負けたんだよ」

わたくしは泣かなかった。

ただ、悔しくてならなかった。銃後の守りで、わたくしたちがあんなにがんばったのに、鬼畜米英なんかに、どうして負けたんだろうと思った。わたくしが一日も休まなかったのだから、負けるはずがないのに、とも思った。

よほど怖い顔をしていたんだろう。洋子も健三もわたくしを見上げ、戸惑っていた。わたくしは洋子と健三を抱き寄せ、頷いて見せた。


雇っていた馭者は一人残らず満人だった。

ラジオを聞いてからというもの、ひとところに集まって、なにやら相談している。それが支那語なので、日本人にはわからない。

「満人たちが逃げる算段をしている。無理もないが、困ったことになった」

支那語がわかる父が言う。

「だって、日本はアメリカに負けたんでしょ。支那に負けたわけじゃないのに」

わたくしにはわからなかった。

「中国は連合国側だからね。戦争に負けた日本人の輸送なんかしていたら、彼らだって大変なことになるかもしれない。それを恐れてるんだ」

父は支那ではなく、中国と言った。

「でもここは満洲国よ。中国じゃない」

「中国なんだよ。もともとね」

父はわたくしから目をそらした。

「あの人たちだって、本当は満人じゃない。中国人なんだ」

父は一緒に逃げていた青年団の若者たちと協力して、馭者を集め、兵舎の一室に閉じこめた。

その夜、なにが起きるかわからないからと、父と若者たちは手分けして、馭者を軟禁した部屋や外の見張りに立った。

わたくしには、父たちがなぜそれほどに警戒するのかわからなかった。やがて、眠りについたが、外の騒々しさに目を覚ました。

まだ夜明け前だった。あたりに住む中国人が兵舎に集まってきはじめていた。鉄砲のぱんぱんいう音もする。脅しに撃っているようだったが、その音は近かった。

「すぐ出発するから、ターチョに乗りなさい」

父は言った。

「ここは危険だから、すぐに新京に引き返す」

中国人が襲ってくるなんて、なおもわたくしには信じがたかったが、新京に戻れるのはうれしかった。父たちは閉じこめておいた馭者に、最初の約束よりもたくさんのお金を渡して、言い含めた。馭者に逃げられたら、わたくしたちはもうどこにも行けない。

日本人は誰一人、馬を操ることなんてできなかった。そういうことはみんな、今までずっと、中国人にやってもらっていたから。

夜は明けきっていなかった。まだ薄暗い中を、すぐに出発した。もと来た道を引き返す。

父は引き揚げの責任者だったので、うちのターチョが先頭だった。荷台からふりかえると、ターチョがずっと平原を連ねていく。

丘陵地帯に入り、谷になっているところに通りかかったとき、道の両側の山かげや草むらから、ばらばらばらばらばら、中国人が飛びだしてきた。その手に手に鍬や鎌、それから天秤棒みたいな木の棒を持っている。

その姿を見てさえ、中国人がわたくしたちを襲ってきているとは、わたくしにはまだ、信じられなかった。

わたくしにとって中国人とは、李太太であり、ジャングイであり、蘆《ロー》さんであり、飯場の苦力たちだった。

馭者が鞭を振るった。

ターチョががくんと揺れて、速度を速めた。馬がかわいそうなくらいに、馭者は鞭で叩いて、叩いて、無理に走らせる。

振り落とされないよう、荷物をくくりつけている紐にしがみつく。父と母がわたくしと洋子と健三を守るように囲む。

「荷物を捨てろー」

父が後続のターチョをふりかえって叫んだ。

「捨てろー、捨てろー」

叫びながら、父は荷物の一番上にくくりつけてあった毛布をひっぱりだし、ターチョからほうり投げた。襲ってきた中国人が毛布を拾っている。

荷物を捨てたのは、少しでも荷を軽くして逃げるためだったが、その荷物が襲ってきた中国人を足止めしている。

後ろのターチョの人たちも、毛布や布団など、構わないようなものを投げ捨てはじめた。谷間に点々と散らばったものに、中国人が群がって拾っている。その間に谷間を走り抜けた。


新京の町まで、もう谷間はないはずだった。

やれやれと思って間もなく、平原の先に、中国人がもう待ち伏せをしているのが見えた。

馭者がまた鞭を振るう。わたくしたちは紐にしがみつく。中国人が襲ってくる。父はまた、荷物を捨てろー、捨てろーと叫ぶ。

もう、毛布も布団も、捨ててもよさそうなものはみんな捨てていた。仕方なく、お釜を捨て、お鍋を捨てた。お釜の蓋も、お鍋の蓋も捨てた。後に続くターチョからも、いろんなものがばらばらと投げ捨てられている。わたくしたちが捨てた荷物に中国人が群がっている間に、また逃げた。

乾ききった大地を駆けるターチョは、土ぼこりを巻きあげていた。わたくしたちのターチョは先頭だったからよかったが、後ろのターチョの人たちはみんな、土ぼこりをかぶって真っ白になっていた。洋子と健三は指差してわらっていたが、わたくしにはとてもわらう気にはなれなかった。

駅者はただ鞭を振るう。馬がむごいようだった。苦しそうに開いた口からあふれるよだれが、糸のように宙を流れた。

その容赦ない懸命さに、捕まったら、同じ中国人の駅者だって大変なことになるのだとわかった。

その日の夕方、一人の落伍者もなく、わたくしたちは新京の町に帰りついた。二日かけてターチョではるばる南下した道のりを、一日で戻ってきたことになる。ターチョの荷物はかなり減っていた。三日かけて、荷物を捨てにいったようなものだった。

町に入ったとたん、見慣れない旗が目についた。赤地に青の太陽が描かれている。

「あれ、なんの旗」

わたくしも洋子もなんだか怖くて訊けなかったことを、健三が無邪気に訊いた。

「中国の旗だ。国府軍だよ。蔣介石《しょうかいせき》の軍の」

その旗は町のあちこちに立っていた。それが夕風でひるがえっている。

こんなにたくさんの旗を、急に準備できるはずはなかった。中国人はとっくに、もう日本が負けると知っていたのだ。

そして、ここで日本が負けた相手は、ずっと敵だと思っていた鬼畜米英じゃなかった。中国だった。

もうだれも、一言も口をきかなかった。なにも言わなかった。言わなくても、なにもかもわかった。おしゃべりの健三さえ、もうなにも訊かなかった。

くたびれ果てて、家への道を辿った。町中にあんなにいた日本人はほとんど見かけなかった。

わたしはただ、祈っていた。

どうかまだ、あの家に住むことができますように。


ちょうど日が沈むところだった。わたしたちには頓着なく、夕日はいつもと同じように丸く、赤かった。

李太太《リータイタイ》の飯場の前を通ると、いつものように、苦力たちが外に台を出して夕食を取っていた。

ターチョの音を聞いて、苦力たちがこちらを見た。先頭のターチョにわたしたちがいるのに気づくと、回来了《フェイライラー》、回来了と叫んだ。帰ってきたと言い、太太、太太と、奥さんを呼ぶ。

そうしたら、李太太が家から飛びだしてきた。胸の前で、両手を組みあわせて振っている。

もう、それはそれはうれしそうに。

わたしたちをかわいがってくれていた苦力も、どんぶりとお箸を持った両手を上げて、回《フエイ》来了呀《ライラーヤ》と喜んでくれた。

後ろには夕日が輝いていたので、影になってみんなの顔は見えなかった。それでも、よく帰ってきた、よく帰ってきたと、全身で喜んでくれているのがわかった。

日本が戦争に負けた後なのに。

中国人に襲われて、怖い思いをして、命からがら逃げて戻ってきたところなのに。

町中に中国の旗がひるがえっているのに。

李太太だって苦力たちだって、同じ中国人なのに。

それなのに。


わたしたちの家はそのままそこにあった。

中はがらんとして、食べるものもなにもなかったが、わたしはほっとした。もうどこにも行きたくなかった。わたしたちはみんな、床にすわりこんだ。

そこへ、勝手口をとんとん、とんとんと叩いて、だれかがやってきた。

李太太だと健三が言ったが、まさかと思った。出てみたら、本当に李太太だった。

食べるものがないだろうと、お得意の饅頭《マントウ》と炒土豆丝《チャオトドスー》を届けてくれた。まさかまた、李太太の手料理が食べられるなんて、思ってもいなかった。

その上、苦力にリヤカーを曳かせ、うちが預けた柳行李を二つ、持ってきてくれていた。柳行李は手つかずだった。そっくりそのまま、返してくれたのだ。

母は言葉を失い、ただ、涙を流していた。


次の日、父は朝から召集を受けて、協和会に行った。帰ってきた父の背広はすすまみれだった。

「書類をみんなね、焼いたんだよ。官公庁はどこも、残らず焼却したらしい」

二人して背広のすすを払うわたしと母に、父は申し訳なさそうに言った。

そのあくる日、父は出張命令を受けて、若い部下と二人で出ていった。朝鮮との国境近くの安東《あんとう》に残っている協和会員とその家族のため、処分した協和会の金を最後の給料として配りにいくという。

もう安東まで先に逃げている人たちのために、わざわざ新京から届けにいくなんて、ひどい話だと思った。父にだってわたしたちという家族がいるのに。安東までの道中だって、どんな危険があるかわからない。

しかも、新京は、もう無政府状態だった。関東軍は南下してしまったし、協和会すら解散してしまった。児玉公園のほうでは中国人の暴動があって、何人も死んでいるという。ソ連がやってくるのも時間の問題だった。明日なにがあるかもわからない。

母もわたしも一生の別れだと思ったが、洋子と健三はいつもの出張と同じように、父にいってらっしゃいとわらって手を振って、見送った。


父がいなくなってすぐ、日本人の避難民が続々と新京に入ってきた。

入植した開拓団村から逃げてきた人たちだった。途中でソ連兵や中国人に襲われ、お金もなにも持っていないという。身ぐるみ剝がされ、麻袋《マータイ》ひとつを被って、下着すら穿いていない人もいるという話だった。

日本人会で避難民に炊き出しをしようということになり、日本人会に近いうちの庭に竈《かま》が築かれた。中学生や女学生がみんなでれんがを運んで、大きなお釜を据えて、ご飯を炊いて、おむすびを作って、もろぶたに並べて届ける。

みんな逃げて空き家になっていた官吏の家に、避難民が入っていた。そこへみんなでおむすびを運んだ。

大山さんや森さんも逃げ遅れた口で、久しぶりに会えた。小学校でなかよしだった男の子たちとも再会した。

学校へ行くとき、いつも一緒に手をつないで端を歩いてくれたけんちゃんは一中だったが、東寧の報国農場には動員されず、無事だった。もう一方の端になってくれたたかしちゃんは東寧に行ったまま、まだ戻ってきていなかった。

「僕は運がよくて動員されなくってね、内地に食糧を送るための箱を作ってた」

「箱って」

わたしはけんちゃんを見上げた。けんちゃんはずいぶん背が高くなっていた。

「講堂でね、みんなして作ったぶ厚い紙の箱に食糧を入れて、朝鮮かどっかから流すと、海流に乗って、内地のどっか、能登半島かどっかに流れ着くんだっていってね」

どっかどっかとはっきりしない話だった。

「そんなに内地には食糧がないんだなあ、かわいそうだなあって思ってたけど、今は内地はどうなってるんだろうな。空襲がすごかったらしいし、海を渡って帰っても、僕たちが食うものなんて、なんにもないかもしれないよ」

けんちゃんはそう言うと空を仰いだ。この空の先にあるはずの日本。

「日本に帰るって言われてもぴんと来ないのよ」

わたしが言うと、けんちゃんもわらった。

「それそれ。親は必死で帰ろうとしてるけど、僕たちは帰るって言われてもな。日本に行くって感じだよな」

その通りだった。

満洲で生まれ育ったわたしたちは、日本のことをなにも知らなかった。

「ひろみちゃんはなにしてたの?」

けんちゃんに屈託なく訊かれたが、わたしはこたえられなかった。

「いろいろしてた。武器の修繕とか」

言葉を濁した。

第四連隊でしていたことは言えなかった。


ある日、おむすびを届けた帰りだった。

ざっくざっくという足音とともに、聞いたことのない歌が聞こえてきた。

興亜街を歩いていた人たちが、みんな足を止めていた。わたしたちも足を止めて、むこうからやってくる兵隊たちをみつめた。

やってきたのはソ連兵だった。

ソ連兵の歌う軍歌だった。

それが、ほれぼれするほどすてきだった。

わたしは小学生のときからコーラスをしていたから、わかった。普通、日本の軍歌はユニゾンなのに、ソ連の軍歌はハーモニーだった。

ソ連兵が、ハーモニーで、見事に歌声を響きあわせながらやってきたのだ。

すっかり感動して、思わずみんなで拍手してしまった。

大きな戦車と一緒にやってきたソ連兵たちに。

拍手は興亜街の通りいっぱいに響いた。

その日以来、ソ連兵が略奪や暴行をして危ないから、女の子は外へ出てはいけないと言われるようになった。避難民の炊き出しも、女学生は来なくていいと言われ、しばらくはけんちゃんたち中学生がしていたが、ひと月ほどで中学生も来なくなった。物資がなくなったのか支援そのものをしなくなったらしく、庭の竈は、そのままほったらかしになった。

八月も下旬になると、朝晩は冷たい風が吹くが、日中は暑い。男の子は外で遊んでいる。洋子も、わたしとはたった四つしかちがわないのに、健三と一緒に平気で表へ出ていく。うらやましかった。

ソ連兵がやってくると、表で遊んでいる子たちが、くうしゅうけいほう、くうしゅうけいほうと大声で叫んだ。その声を聞くと、わたしを含め、若い女の人たちはみんな、それっとばかり、一斉に逃げた。

洋子も健三もおもしろがって、表の歩道の段になっているところにすわり、ソ連兵を見かけるたびに、くうしゅうけいほうとか、てっきらいしゅうとか叫んでは、けらけらけらけらわらっていた。

家に母と二人きりだったある日、母からお守りを渡された。紐のついた小さいお守り袋に白い紙包みがひとつ入っている。

それが毒薬だということはなぜか知っていた。

「もしものときのために、これを持っていなさい」

わたしには、どんなときがもしものときかわからなかった。でも、母は真剣そのもので、訊けなかった。

外からは洋子と健三の笑い声が聞こえてくる。まだ早いというのに、そりを持ちだして遊んでいる。

「寝るときも離さないで。肌身離さず持っていなさい」

わたしは頷いて、首からぶらさげた。

それでも、わたしはまだ、半信半疑でいた。あんなにきれいな歌声の主が、どんなことであれ、ひどいことをするわけがないと。


ところがある日、本当にソ連兵が家の中に入ってきた。ノックもあいさつもなんにもなしだった。

表から、健三たちがくうしゅうけいほう、くうしゅうけいほうと叫ぶ声は聞こえた。それが、いつもとちがってものすごくけたたましかった。すぐに玄関の扉がばたんと音を立てて開き、どたんどたん足音がした。

ちょうどこどもも部屋にいたわたしは、押入れを開けて、積んであるお布団をのぼって、天井裏に上がった。早く帰ってくれればいいのに、ソ連兵はいつまでもいる。家中の、扉という扉を開けて、抽斗を引き抜いてはひっくり返して。けたたましい音がずっとしていた。

こども部屋にも入ってきた。幸い、押入れの戸は開けられなかった。引き戸だから、きっとソ連兵にはわからなくて、壁だと思ったのだろう。

わたしはお手洗いに行きたくなって、往生した。早く帰ってくれればいいのにとそればかり思っていた。

ソ連兵が帰った後、家の中はめちゃくちゃになっていた。時計と万年筆、それから指輪などの貴金属がなくなっていた。

通りで見たという洋子の話だと、ソ連兵は腕に時計をいくつもはめて見せびらかしていたという。腕が太いと日本人の腕時計がはまらないから、バンドが高級な革だといやがり、安物のゴムだと喜ぶらしい。

盗られたうちの時計もゴムのバンドだった。

すっかり懲りたわたしは、女だとわからないよう、髪を切って丸坊主にすることにした。母には勧められていたけど、なかなか決心がつかないでいたのだ。そう勧める母が髪を切らないのも不思議だった。洋子と母はそのままの格好で外へ出られるのに、わたしだけだめと言われる。お守り袋を持たされたのもわたしだけ。その線引きがよくわからなかった。

庭に出て、父のバリカンで母に剃ってもらうと、あちこちひっかかって、ずいぶん痛かった。

なんとか丸坊主になると、はえが飛んできて、わたしの頭にぴたっととまった。そのとき、初めて、頭にじかにはえがとまった感触がわかった。情けなかった。

父の古い洋服を着たが、男物の生地は厚ぼったいし、大きいし、暑くてたまらなかった。

「ひろみちゃんは、わたしっていうようになったのね」

地面に落ちた髪の毛を掃いていた母に言われて、初めて気がついた。

「そういえばそうね」

「いつから」

わからなかった。

はさみで切り落とした太いおさげは、母がほかの髪と一緒にまとめて捨てた。

結局、国策だからとがんばってのばした髪は、一度も献納しないままに、無駄になった。

わたしたちは、髪を伸ばさなかったじんちゃんのことを、非国民だなんて言って責めたのに。


それからもしょっちゅう、ソ連兵は何回も何回も来た。時計と万年筆と、ちょっとした貴金属を持っていったら、うちにはもう、盗るものなんて、なんにもなかったにもかかわらず。

わたしは屋根裏に隠れるのは懲りて、床下に隠れるようにした。満洲は冬が寒いので床下は一メートルもあり、床が高い。座敷の押入れの下に配管かなにかを見るための穴があった。そこにござを敷いて、お布団を敷いて、離れたところに土を掘って、お手洗いも作った。くうしゅうけいほうと聞こえたら、蓋を開けて潜りこんだ。その上に母が行李やなにかを載せてくれた。

壁一枚でつながっているおとなりの佐藤さんとの間の、押入れの壁に穴を開け、台所には空き缶をぶら下げて糸で佐藤さんちとつなぎ、うちで糸をひっぱれば、佐藤さんちの台所で空き缶が鳴る仕組みも作った。うちにソ連兵が入ってきたら、空き缶を鳴らして佐藤さんちに逃げ、佐藤さんちにソ連兵が入ってきたら、佐藤さんがうちに逃げてくる。

でも、まだそのころは、どこか、かくれんぼをしているような気持ちでいた。もしものときなんて、戦時中にさんざん言われた、いざというときと同じで、結局実際にはなにも起こらないように思っていた。

ときどき、李太太や蘆《ロー》さんが、様子を見に来てくれた。

最初はソ連兵が勝手口から入ってきたと思って、あわてて床下に隠れたが、しらみちゃん、しらみちゃんとわたしを呼ぶ声がした。あの声は蘆さんだよ、ソ連兵じゃないよとみんなで大笑いして、出ていった。

お父さんがいないから大変でしょうと言っては、野菜をちょこちょこ持ってきてくれた。李太太も、日本人はお米がすきだからと持ってきてくれたり、生活に困ってるだろうと内職を持ってきてくれたりした。

綿布を織る糸をこまに巻き取る仕事だった。特別な結び方で糸をつながないといけなかったが、李太太は長い指で、器用にそのやり方を教えてくれた。こまを工場に持っていったら、お金をくれる。工場には男の格好をしたわたしが持っていった。

坊主頭なのが恥ずかしかった。知っている人に会わないよう、こそこそしながら工場から帰った。そうしたら、ばったり女学校の同級生に会ってしまった。ソ連の空襲があった朝に、第四連隊で話した同級生だった。

顔を見合わせて大笑いした。

同級生も坊主頭になっていた。

その同級生とはそれほど親しくなかったが、そのまま家に誘われたので、お邪魔することにした。表札に斉藤《さいとう》とあり、斉藤さんだと知った。斉藤さんはわたしを﨑山さんと呼んだので、彼女はわたしの名をおぼえてくれていたらしい。なんだか申し訳なかった。

部屋に入れてもらい、ベッドに腰掛けておしゃべりをした。彼女と二人きりで話すのは初めてだったが、同級生とのおしゃべりに飢えていたので、話が弾んだ。

斉藤さんのおうちは、お父さんとお母さんと、斉藤さんがおばさんと呼んでいるお母さんの弟の奥さんと、四人暮らしだった。でも、ソ連兵が来てすぐに、お父さんはソ連兵に連れていかれて戻ってきていなかった。

ほかの家もそうだった。特に協和会の人たちは、えらい人も平職員も、みんなソ連兵に連れていかれていた。課長だったせいで、父を探しに、うちには何度もソ連兵が来ていた。うちと同じ、女こどもだけで暮らしている斉藤さんに、わたしはふと、毒薬を入れたお守り袋を襟口から出して見せた。

「わたし、こんなのもらったわよ」

斉藤さんも襟口から小さい袋を引きだした。

「わたしもよ」

袋の中には、わたしがもらったのと同じ紙包みが入っていた。

「青酸カリなんですってね。もしものときには、これで死になさいって言われたわ」

わたしは頷いた。

「この前ね、ソ連兵が入ってきてね、大変だったのよ」

斉藤さんはてのひらに出した紙包みを袋にしまいながら言った。

「ちょうどおばさんと二人きりでね、あんまり急に入ってきたから隠れる暇がなくてね、おばさんは、わたしをベッドの下に押しこんでね、自分はベッドの上で襲われたの」

斉藤さんはお守り袋に目を落としたまま、淡々と続けた。わたしは返事ができなかった。

「ソ連兵がね、無理やりおばさんの服を剝ぎとってね、おばさんは悲鳴を上げてたのよ。でもね、おばさんは逃げられなかったの」

ああ、もしものときってそういうときのことだったのかと、わたしはそのとき、初めてわかった。

そのおばさんの夫は、斉藤さんのおじさんだった。終戦間際の動員で戦地へ行ったきりになっているそうだ。

「おじさんが知ったら、さぞかし残念でしょうね」

わたしはうつむいて、お悔やみを言うのが精一杯だった。

ところが、わたしが帰るとき、そのおばさんがわたしを見送りに玄関まで出てきた。

わたしはおばさんが生きていることにびっくりした。

おばさんは、青酸カリを使わなかったのだ。

わたしは、もしものときだったのに、なんでこの人は青酸カリを使わなかったんだろうと思った。

「またいらっしゃいね」

屈託なくわらいかけてきたおばさんから目をそらし、ろくにあいさつもしないで、家に帰った。

それから何日もたたないころだった。

たまたま、トマトを取ろうと思って、庭に出た。朝晩寒くなってきて、トマトはもう終わりかけだった。赤い実は、数えるほどしか残っていなかった。

そこへ、いきなりソ連兵が入ってきた。幸いなことに、トマトは背を高く作っていて、わたしの背丈ほどもあったから、ソ連兵からは見えなかったようだ。

西側が玄関で東側が庭。家の中に入ったら鉢合わせしてしまう。

わたしはとっさに庭の隅の物置に隠れて息をひそめた。でも、物置の扉は中から錠前を掛けられない。外から開けられたら終わりだった。

ソ連兵が家の中からテラスに出て、庭を横切ってやってくる足音が聞こえた。足音と、がしゃがしゃがしゃがしゃという金属がぶつかる音。

ソ連兵は常にマンドリンと呼ばれる機関銃を持って歩いていた。店に並んだ商品を取って、支払いを求められたら店員を撃ったとか、妻を襲って、止めようとした夫を撃ったとかいう話をよく聞いたが、そのマンドリンの音に違いなかった。

わたしは震える手で襟元からお守り袋を引きだし、白い紙包みを出した。

今がもしものときだと思った。

いよいよこれを飲まないといけない。

血がさあっと引いて、手足の先が冷たくなった。

手遅れになるといけないと思った。斉藤さんのおばさんみたいに、手遅れになって、飲まないでひどいことをされないようにしないといけないと思った。

ソ連兵がたてるがしゃがしゃという音がだんだん近づいてくる。そして、物置の扉の前まで来て、止まった。

もう、終わりだ。

わたしは青酸カリの紙包みを開いた。

第六章

開いた扉のむこうには、おばあちゃんが立っていた。

「いらっしゃい、あかり」

三年ぶりだったが、おばあちゃんは変わっていなかった。

「久しぶりやね、おばあちゃん」

「また背がのびたわねえ」

その言葉にぷっとわらう。

「のびるわけないやか。もう三十で」

おばあちゃんはいつ会ってもそう言う。

「まあ、もうそんなになるの」

「まだやけど、もうじきね。これ、おみやげ」

「まあ、ありがとう」

空港で買った、おばあちゃんの好物の虎屋《とらや》の羊羹《ようかん》を渡すと、わたしはおばあちゃんの家に入っていった。

「変わってないね」

日当たりのいいリビングで泳ぐ金魚に目をとめる。

「金魚は大きゅうなったね。おばあちゃんは変わらんけんど」

「まあちゃんが掬《すく》ったのよね」

前に帰ってきたとき、おばあちゃんにとってはひ孫になる、わたしの姪が掬った金魚だった。

博士号を取ったばかりの夏だった。わたしは東京から帰ってきていた。博士号を取ったお祝いをしてもらって、みんなで祇園さんの夏祭りに行った。

「あのまあちゃんがもうお姉さんやって」

妹のひなたは、まあちゃんに続いて、二人目の子を生んだばかりだった。母はその世話でてんてこまいしている。

久しぶりの家は騒がしくて、赤ちゃんの甘ったるい匂いで満ちていた。赤ちゃんがこんなにかわいくて、こんなにいい匂いがするなんて、知らなかった。

「ええ年して、わたしはなにをしゆうろう」

金魚にむかって呟いてしまい、はっとおばあちゃんをふりかえった。

おばあちゃんはこちらに背をむけ、台所に入っていくところだった。

聞こえなかったのか、聞こえなかったふりをしてくれているのか、わからない。

でも、わたしにはわかる。おばあちゃんは、聞こえなかったふりをしてくれていた。

おばあちゃんは、そういう人だった。

両親が小学校の教師をしていたので、わたしはしょっちゅうおばあちゃんの家に預けられていた。

おばあちゃんはいつも優しくて、にこにこわらっていて、わたしの言うことはなんでも聞いてくれた。家では禁じられているヤクルトもチョコレートも、おばあちゃんは食べさせてくれた。

わたしの話もよく聞いてくれた。手をつないで、保育園から帰る道でずっと、わたしが話しつづけるのを、うんうんと聞いてくれた。

なんでも知っていて、訊いたことにはなんでもこたえてくれた。そのこたえに、かなりの嘘を混ぜていたことは、大きくなってから知った。

雲は、綿菓子屋さんの機械が故障してあふれだしてしまった綿菓子がお空に浮かんでいるものではないし、風船が飛ぶのは、もともとお空に住んでいた風船がお母さんのところに帰ろうとしているからではない。夜になると眠くなるのは、眠りの妖精がやってきて、眠くなる粉をわたしたちのまぶたに掛けるからでもない。でも、本当のことを知るまではずっと、おばあちゃんの言うことが本当なんだと信じていた。

おばあちゃんはいつも真剣だった。その大きな目でみつめながら話されると、どんな話も本当だと思ってしまう。本当のことを知っても、おばあちゃんの話が本当だったらいいのにと思っていた。

おばあちゃんはお母さんのお母さんだった。でも、お母さんのお母さんのようではなかった。親子らしくないように、わたしには思えていた。それがなぜか、ずっとわからなかったが、あるとき、ふと気づいた。

おばあちゃんだけが、わたしたちとちがう言葉をしゃべっている。

わたしが生まれ育った高知では、保育園でも学校でも、だれもが土佐弁でしゃべる。路面電車の運転手だって土佐弁だ。うちでも、おばあちゃん以外はみんな、土佐弁でしゃべっていた。それがあたりまえだと思っていた。テレビの中の人以外は、みんな、同じ言葉をしゃべっている。それなのに。

どういておばあちゃんだけ、言葉がちがうが。

わたしが訊いたら、中国で生まれ育ったからだとおばあちゃんはこたえた。

中国いうてなに。

なお訊くと、おばあちゃんは空を見上げた。保育園からの帰り道で、春先だった。空が黄色くけぶっていた。

日本のとなりにある国よ。ほら、空が黄色いでしょう。これは黄砂っていって、中国から飛んでくるのよ。

わたしも空を見上げた。

わたしはそのとき初めて、わたしのいる世界には、自分の国というものがあり、よその国があることを知った。

中国の話して。

わたしはそれから、おばあちゃんに中国の話をせがむようになった。

おばあちゃんが聞かせてくれる中国の話は、おばあちゃんがするほかの話と同じくらい、いかにも嘘っぽかったけど、それがみんな本当の話だったことは、大きくなってから知った。


リビングからつながる、襖《ふすま》を取り払った和室は、本で埋まっていた。

「また本が増えたねえ。この箱もみんな本ながやろ」

和室には三つの書棚が並べてあったが、収まりきらず、あふれた本や資料を段ボール箱に入れて重ねてある。

「二階がいっぱいになったのよ」

おばあちゃんも後から入ってきた。

「由美子《ゆみこ》のこども部屋もね、資料庫になってるの」

二階のこども部屋には、お母さんの使っていたベッドも机もそのままあって、わたしが泊まるときに使わせてもらっていた。

わたしは書棚から、すっかり灼けた冊子のひとつを取った。難しい字が書いてある。

「けん、けんそうびん、びんらん」

「遣送便覧《けんそうびんらん》ね」

「漢字は苦手」

わたしが肩をすくめると、おばあちゃんはとりなすように言った。

「旧字だし、それに、あかりは、ほかに覚えることがいっぱいあるでしょう」

わたしが理系だからと切り捨てないのが、おばあちゃんらしかった。

「ほんまにこんな字、おばあちゃんも書きよったが」

「書いてたわよ」

「わざわざこんなややこしい字を書かんでも。これも中国の資料」

「そう。戦争が終わってね、中国から引き揚げるときにね、引き揚げの際の注意事項についてね、持ち物とか、予防接種についてとか、詳しくまとめて配られたもの。今でいう、引き揚げマニュアルね。満鉄の、満鉄って知ってるわよね」

「南満洲鉄道やろ。満洲で一番大きな会社で、ひいおじいちゃんが働きよったがやろ」

「そう。満鉄で雇ってもらえて、家族で中国に渡ったの。その満鉄の副総裁がね、代表になってね、当時中国にあった東北導報社っていう新聞社が作ってくれたのよ。みんなね、これの通りに引き揚げてね、日本に帰ってきたの」

「じゃあ、これ、おばあちゃんの」

「そうよ」

頷いた後で、すぐに首を振った。

「いいえ。わたしのじゃなくて、ひいおじいちゃんのよ。ひいおじいちゃんの遺品にあったの。引き揚げは大変だったし、高知に引き揚げてからも、家族五人、鏡川《かがみがわ》沿いのバラックで食うや食わずの生活だったのに、焚き物にもしないでよく取っておいたこと。満洲から引き揚げてきた人はみんなね、そんなだったから、これはなかなか残っていないのに」

「でも二冊ある」

書棚にはもう一冊の遺送便覧があった。

「それは九州から送ってもらったもの。とても貴重な資料なのにね、うちには二冊もあるのよ。すごいでしょう」

おばあちゃんは自慢げにわらった。そういうときのおばあちゃんは、茶目っ気たっぷりで、かわいらしい。

中国の話になると饒舌《じょうぜつ》になるのも、あいかわらずだった。おばあちゃんが変わらないことにほっとする。

「おばあちゃんは変わらんねえ」

わたしは変わった。

お母さんもお父さんもひなたも、そしてもちろんおばあちゃんも、気づいているはず。ジーンズのサイズが変わるくらいに、わたしはやせてしまった。お正月でも実験があるからと帰ってこなかったわたしが、お盆でもお正月でもないのに帰ってきた。東京でなにかあったと察していないはずはない。

でも、だれも、わたしに、なにがあったのか訊かない。

おばあちゃんも訊かない。


テーブルの上にはチラシが重ねてあった。

「珠子《たまこ》さんが春餅《チユンビン》を教えてくれるがやね。ええね」

中国帰国者の会の料理教室のチラシだった。かつては残留孤児とか残留婦人と呼ばれた、帰国できずに中国で暮らした人たちを支援している。講師の珠子さんも中国帰国者だ。

「せっかくだから、あかりも行かない。会のみんなも喜ぶわ」

わたしたちの間で会といえば、中国帰国者の会だった。保育園のころからおばあちゃんに連れられていっていた。珠子さんの春餅は絶品だった。

「春餅は久しぶり」

わたしが頷くと、おばあちゃんもお茶を飲みながら頷いた。

おばあちゃんの話の中で、食いしんぼうのわたしの一番のお気に入りは、中国の食べものの話だった。

たくさん作って外に出して凍らせておく餃子や、屋台で食べたという切糕《チエーゴ》や煎餅《ジエンビン》、ひまわりの種に、かぼちゃの種。戦中戦後、食べものが不足していた中で食べたという羊羹や、敗戦後、ソ連兵に占領された長春《ちょうしゅん》の街角で、まだ十六歳だったおばあちゃんが、生きていくために売っていたねじり菓子。

中でも、中国人の奥さんが作ってくれた饅頭《マントウ》の話は、何度も聞かせてもらった。肉まんやあんまんのようになにか詰めてあるわけではない。中心までふわふわで、甘い、とてもいい匂いがしたという饅頭。

きっとおばあちゃんが中国で食べたものとはちがうのだろうが、わたしはその話を聞くたびに、珠子さんが作ってくれた饅頭を思いだした。

「料理教室は来週だけど、それまでいるの」

「おるよ」

わたしはさりげなくこたえると、わらった。

「ずっとおるきね、チラシ撒くが手伝おうか」

これからどうするかは考えてなかった。

でも、もう、東京に戻るつもりはなかった。

珠子さんはいつもまぶしいほどにわらっている。長くて太い麺棒を器用に使って、練った小麦粉を見事に丸くしていく。周りから歓声が上がると、顔を上げ、花が開くようにわらう。

その笑顔には、高知の山間の村から家族揃って満洲の開拓団村に渡り、引き揚げで妹を亡くし、八歳で中国人にさらわれて売られ、中国人の養父母のもとで育った苦労の跡はどこにもない。たくさんの孫やひ孫に囲まれて幸せに暮らすおばあちゃんの一人だ。

「焼くよ。これみな。入れて」

口を開いたとたんに、日本語がたどたどしいとわかる。周りにいた帰国者の一人が中国語で珠子さんに焼き方を聞く。中国語と日本語が飛び交う。その輪の中にはいつもおばあちゃんがいる。

狐色に焼きあがった春餅《チユンビン》で、じゃがいも炒めやセロリ炒め、千切りにしたハムを巻いて食べる。わたしは、おばあちゃんや支援者の人たちと一緒に片づけをしたので、遅れて席についた。

「あかりちゃん、もっと食べて」

珠子さんがわたしのそばに来て言った。わたしがやせたことを案じてくれる。

「みな食べて」

珠子さんを買って育ててくれた中国人の養父母は、とても優しく、どんなに貧しくても、珠子さんにたくさん食べさせてくれたと聞いている。この春餅も養父母から教わった、中国北部の家庭料理だという。

「珠子さん、ありがとう」

わたしは珠子さんの手から春餅を受け取ってかぶりついた。

おばあちゃんは、中国にいたころに習ったという、おいしい餃子も作ってくれるが、春餅は作ってくれたことがない。珠子さんの春餅の味は変わらなかった。

中国からの引き揚げで家族と別れ、残留孤児や残留婦人となった人たちは、戦後、日中国交正常化とともに家族を連れて帰国したが、家も田畑も失って山深い故郷には帰れず、高知市内にある県営住宅に暮らしていた。

集会室を使って日本語教室や料理教室を開いて、帰国者を支援する活動はずっと続いている。

「おばあちゃん、あんまり食べてなかったね」

帰りの道で、わたしは訊いた。

「わたしの心配しゆうどころやないろ。大丈夫かえ」

「よく気がついたねえ」

そう言った後、続けた。

「あかりは頭がいいねえ」

「それ、前も言ったよ。おばあちゃん」

「そうかしら」

「そうよ。ようおぼえちゅう」

わたしは頷いた。

「わたしは小学生やった。おばあちゃんにそう言われて、わたしは初めて、自分が頭がえいいうことを知ったがやもん」

おばあちゃんは中国で生まれ育ったいうに、どういて中国語をしゃべらんがと訊いたときだった。

あのときも、中国帰国者の会の帰り道だった。おばあちゃんは、引揚者の中国語を聞きながら、それでいて中国語をしゃべらず、日本語でこたえていることに気づいて、不思議に思って訊いたのだった。

今もその問いにこたえてもらっていない。

「あかりは頭がいいのに、わたしが言うまで自分が頭がいいって知らなかったの」

「やって小学生やったもん」

言われてみれば、いつもテストは百点で、それはあたりまえのことだと思っていた。

「わたし、おばあちゃんがそう言うてくれたきに、研究者になったがかもしれん」

日が落ちた鏡川の川面は、街の灯りを受けて黒く輝いている。

「それなら、あかりが研究者になったのは、おばあちゃんのおかげね」

「そうやと思う」

わたしは真顔で受けた。

「おばあちゃんは中国におったき、自分も残留孤児になったかもしれん。そうやきああやって支援を続けゆうがやね」

帰国者の会の彼女、彼らと、おばあちゃんは同じくらいの高齢だった。

「ちがうわ」

けれども、おばあちゃんは言った。わたしは驚いておばあちゃんを見た。

「戦争はわけへだてしないっていうけど、そんなことはないの。よるべない人には過酷に、よるべのある人には穏やかに、戦争で財を成した人だっている」

わたしは、春餅をなつかしそうに頬張っていた彼女たちの顔を思いだした。

「戦争はね、わけへだてするの。わたしはたしかに満洲で生まれ育ったけど、わたしが残留孤児になることはなかったの」

「それは、おばあちゃんは都会に住みよったき、いうこと」

「そう」

おばあちゃんのお父さんは幼くして両親と別れ、クリスチャンの伯父さんに面倒をみてもらって大きくなったということは聞いていた。とはいえ、中退したものの大学で学んでいたとも聞いている。おばあちゃんのお母さんは東京の裕福な家に生まれて、教会に通っていてお父さんと知りあったとも。

「父と母は最初の子を亡くして、知人に満鉄の職を紹介されて満洲に渡った。わたしは長春の大都市で女学校に行かせてもらっていた」

おばあちゃんの家のアルバムで見せてもらった白黒の写真を思いだす。おかっぱでセーラー服の女の子は、今のおばあちゃんと変わらない、大きな目をしていた。

「もともとのね、満洲に来る前から、全然ちがっていたのよ。わたしたちは」

珠子さんとその家族のように、満蒙開拓団で中国へ渡ったのは、同じ高知でも山間の寒村の人たちだった。生まれてこのかた村から出たこともないような人たちが、国策のもと、村を分けて中国に渡る分村という形で、強制的に満洲に渡らされてきていた。そしてやっとの思いで帰国しても、家も田畑も失った人たちに、行くあてはなかった。

「生まれって、運でしょう。わたしがあかりのひいおじいちゃんとひいおばあちゃんの子に生まれたのも運だし、珠子さんが千畑村《せんはたむら》の貧しい家に生まれたのも運。運の良し悪しでね、わけへだてされたの」

わたしは街灯の下で言った。

「おばあちゃんは今まで、あんまりそういう話をしてくれんかったね」

「そうかしら」

「そうよ。おばあちゃんはいっつも、わたしにはえい話ばっかりしてくれた。けんど」

おばあちゃんはわたしを見上げた。

「えい話だけやないはずよね」

わたしはおばあちゃんを見下ろすくらい、大きくなっていた。

おばあちゃんは頷いてから言った。

「あかりもね」

おばあちゃんはわらった。

「いい話も、わるい話も、話してほしいな」

「そうやね」

わたしは、黒い川面に目をやった。

「あの遺送便覧を届けてくれたのは、長春の小学校の男女組で一緒だった、けんちゃんという男の子でね」

おばあちゃんは、ぽつぽつと話した。

「お父さんが新聞記者で、遺送便覧の編集にも関わっていたの。引き揚げが決まった後ね、新聞配達です、なんておどけてね。自転車の後ろに遺送便覧の束をくりつけてきたから、本当に新聞配達みたいだった」

「満洲にも新聞があったがやね」

わたしが驚くと、おばあちゃんはわらって頷いた。

「満洲にはなんでもあったからね。内地の新聞は三日遅れで届いてたし、満洲日報という新聞もね、敗戦まではずっと配達されてたの。昔は男女一緒に学べるのは小学校まででね、わたしは女学校、けんちゃんは一中っていう中学校へ通ってたんだけど、一中の三年生は、関東軍が南下した後の国境近くの農場に動員されていてね、ソ連の侵攻で置き去りにされて、三百キロの道のりを命からがら帰ってきたって話してたわね」

おばあちゃんと並んで歩きながら、わたしはうんうんと頷いた。

「東寧報国農場に動員されたやつらは、関東軍の囮《おとり》兵にされたんだって、けんちゃんは怒ってた。けんちゃんは動員されなくて無事だったんだけど、だからこそ余計にたまらないでしょうね。手をつないで小学校へ一緒に行ってくれていたたかしちゃんも、結局、戻ってこなかった。今も四人戻ってきてない」

わたしはなんと言っていいかわからず、ただ、言った。

「かわいそうやね」

「女学校の同級生にもね、いたのよ。戻ってこられなかった人。ソ連の空襲があってすぐに、女学校の寄宿舎生は親元に帰されたの。家族が国境近くの興安総省、今のウランホトにいた友達はね、無事にそこまで辿りつけたのはよかったんだけど、引き揚げの途中の葛根廟《かっこんびょう》でソ連軍の戦車に襲われてね、家族全員亡くなったの。寄宿舎で一緒でね、動員先も同じだった。ソ連の空襲のあった日の前日、動員されていた第四連隊の工場の前で、明日も会えると疑いもしないでね、ごきげんようと手を振って別れたのが最後だった」

もう、かわいそうという言葉すら出てこなかった。

「中野さんっていってね、寄宿舎で一番のなかよしだったんだけど」

「おばあちゃんは、日本に帰ってこれて、よかったね」

「そうね」

おばあちゃんはいったんは頷いたが、首を傾げた。

「ただ、わたしたちは中国で生まれ育っていたからね、日本に帰りたいっていう思いは正直言ってね、なかったのよ。わたしが日本に行ったのは一度きりだったたし。母がね、わたしが小学校に上がる前に、どうしても一目、こどもたちをおばあちゃんに見せたいと言うから、東京の杉並の母の実家に行ったの。汽車で大連まで行って、それから船で下関に渡って、また汽車に乗って、やっと東京の駅に着いたのは夕暮れどきだった。雪が降って、あたりは暗くなっていたんだけど、なにかがきらきら光っていた」

おばあちゃんの話はいつも、物語のようだった。わたしは思わずひきこまれて聞き入った。

「わあきれいと思ったら、兵隊さんがずらっと並んでいたの。銃の先に剣をつけていて、それがきらきら光っていたのよ。兵隊さんは、怖い顔をして、じーっと立っていた。母が妹を背負い、荷物を片手に、もう片方の手でわたしをぐいぐいひっぱった。妹は一歳、わたしは五歳、弟はまだ生まれていなかった。わたしは半べそになって兵隊さんの前を走り抜けた」

おばあちゃんはわたしを見た。

「ちょうど二二六事件の夜だったの」

ずいぶん昔、中学校の歴史の授業で習ったきりの言葉を、おばあちゃんの口から聞くとは思いもしなかった。

「わたしが生まれた翌年が満洲事変。次の年には満洲国ができた。五歳のときに二二六事件があって、次の年に盧溝橋事件が起きた。わたしはね、満洲国の短い歴史とともに生きていたの。結局、満洲国は消滅したけど、わたしはそれからも生きつづけて、今ではわたしがおばあちゃんになっちゃった」

おばあちゃんはふふっとわらった。

「海を渡っても孫をおばあちゃんに見せようとした、あのころの母の気持ちがね、今ならよくわかるわ。孫ってね、とってもかわいいのよ」

おばあちゃんは、変わらない優しい眼差しで、わたしを見た。

そういうことを、恥ずかしげもなく言う人だった。

わたしは照れくさくなって、目をそらした。

大きな月が浮かんでいた。

東京の月よりも、ずっと明るい月だった。


「あかり、いらっしゃい」

いつものように笑顔で迎えてくれたおばあちゃんは、お出かけ用のハンドバッグを手にしていた。訝しむわたしにおばあちゃんはこともなげに言った。

「せっかく来てくれたのにわるいわね。これから大豊《おおとよ》へ行くの」

「大豊まで。どういてまた」

「大豊に住む、知らない人から電話があってね」

「ちょっと待って。一緒に行くき」

てっきり流行りの詐欺かと思って、あわてておばあちゃんについて出た。

「まあ、あかりったら。詐欺じゃないわよ」

道々、おばあちゃんは、疑ったわたしをわらいながら、よくあることだと話した。

おばあちゃんが旧満洲の資料を集めていることは地元紙の取材を受けたこともあり、県下で広く知られるようになっていた。今日も、大豊町に住む人が、父親が亡くなり、遺品を片づけていたら、満洲の資料が出てきたといって電話を掛けてきてくれたのだという。

半信半疑ながら、路面電車と汽車を乗り継いで大杉《おおすぎ》まで行くと、息子さんが車で迎えに来てくれた。

車に揺られて辿りついたのは、四国山地の山深い集落だった。古い農家で、つし二階から下ろされたのは柳行李に入った資料だった。

「親父が七三一部隊におったいうことは聞いちゅう。ほんで僕も何度か聞いてみたけんど、どういても話してくれざった」

七三一部隊という言葉は知っていた。息子さんの農作業で灼けた顔は健康そのもので、屈託がなく、その口から七三一部隊の名が出たことに違和を感じた。

「とうとう死ぬまで話してくれんかった」

きっと、父親もそんな顔をしていたのだろう。この山深い里で、代々、田畑だけを相手に生きていたのだろうに。

「話したら非国民になるき、いうてのう」

「七三一部隊にいた人たちは、厳しい箝口令《かんこう》を受けてましたからね。無理もないです」

おばあちゃんは慰めるように言った。その言葉通り、遺品の柳行李の中には、満洲の葉書や古い雑誌ばかりで、七三一部隊に関わるものは見当たらない。

「七三一部隊にいた人はみんな同じです。引き揚げてすぐ、周到に処分されたのだと思います」

せっかく来てもらったのに申し訳ないと謝る息子さんに、おばあちゃんは優しく言った。

「それも、息子さんやご家族に累が及ばないようにという、亡くなられたお父様の親心だと思います」

息子さんは涙ぐんだ。

仏壇に手を合わさせてもらっていたら、息子さんは涙を拭いながら、ふと言った。

「死ぬ前に、親父は病院で、ねずみが来る来るいうて、うなされよった」

おばあちゃんははっと顔を上げた。

「よいよ、ねずみがきらいな人じゃった」

託された資料は紙袋ひとつに収まった。

「いっつもこんな感じなが」

高知駅から路面電車に乗り換える。窓の外はすっかり日が暮れていた。

「そうねえ。今日はまだ近かったし、あかりがつきそってくれて助かったわ」

おばあちゃんはこれまで、旧満洲の資料がみつかったと聞けば、どこへでも足を運んできた。四国はおろか、九州や北海道にもひとりで訪ねていったことがあると、お母さんが半ばあきれながら話していた。

「息子さん、泣きよったね」

「そうね」

「おばあちゃんがえいこと言うたき」

わたしはそんなおばあちゃんが誇らしかった。

「そうね。でも」

おばあちゃんはぽっかり空いた正面の座席をみつめながら言った。

「本当は、話してほしかった。ご自分が七三一部隊でなにをされたのか、生きていらっしゃるうちに」

啞然とするわたしに構わず、おばあちゃんは続けた。

「ペストっていう病気があってね、かかったら死んでしまう、大変な病気。蚤を介してねずみが運ぶの」

「知っちゅう」

物理学を専攻したわたしは、アイザック・ニュートンが万有引力を発見するきっかけになった病気として記憶していた。

「小学生のころね、長春が新京って呼ばれていたころ、ペストが流行ったことがあったの。旧満洲はねずみがいっぱいいてね、満鉄病院の裏の家畜病院から発生したということで、その辺一帯が焼き払われたの。日本人もずいぶん亡くなった。マスクをしなきゃだめだと言われ、あちこちに検問が置かれた。中国人はマスクをしないからペストが流行ったんだなんて言われてたわ」

わたしはおばあちゃんの横顔をみつめた。

「でもね、あの新京でのペスト騒動は、七三一部隊が新京から五十キロしか離れていない農安に撒いたペスト蚤のせいだったの。七三一部隊は、当時、防疫給水部隊として、新京で活躍していた。一方でペスト菌をばら撒き、一方でそれを封じこめていたのよ。施設では無数のねずみを飼い、ペスト蚤を生産していたんですって。七三一部隊っていうのも符牒《ふちょう》でね、満洲にいたころのわたしたちは全然知らなかった。なんにも知らないで、関東軍がペストも封じこめてくれたって喜んでた。そしてね、撒かれたのは農安だけじゃなかった。中国のあちこちでペスト蚤は撒かれたの」

おばあちゃんは、わたしが持つ紙袋に目を落とした。

「ねずみの悪夢にうなされていたお父様は、ねずみの飼育を担当していたのかもしれないわね」

おばあちゃんの後ろの窓の外は、真っ暗だった。

「どういてここまでするが」

わたしは問いただすように訊いていた。

「ご遺族の方がいらんもんと思うちょっても、貴重な資料だったりもするし、話を聞かないと、わからないこともあるからね」

「そうやのうて、どういておばあちゃんは」

そのとき、おばあちゃんがちらっと車両の入り口を見た。赤ちゃんを抱っこした女性が乗ってきた。

いつの間にか、席は埋まっていた。わたしは立ちあがり、席を譲った。

「おばあちゃんは、どういてすぐに気づくが」

電車から降りるとすぐ、わたしはおばあちゃんに訊いた。

「あかりが気づいたんでしょう」

「わたしじゃない。おばあちゃんが先に気づいたがよ。おばあちゃんはいっつもそう。一緒に歩きよって、わたしが気づかんに、おばあちゃんは気づく」

わたしの口調は責めるようだった。

「そんなことないわよ」

おばあちゃんの否定を、わたしは首を振って否定する。

おぼえている。ずいぶん前にも、似たようなことがあった。あの電車で、一人の乗客が鼻水を手で拭いては、座席になすりつけていた。わたしはいややなと思った。周りの人も、いかにも迷惑やなという顔で見ていた。でも、同じ言葉をくりかえし呟いていて、話が通じなさそうなその人に、どうしようもなかった。だれもなにも言わず、ただ、いやそうな顔をしながら見ていただけだった。

そのとき、おばあちゃんが、その人にティッシュを渡して、よかったらこれを使ってくださいと言った。その人は受け取って洟《はな》をかんだ。わたしはびっくりして、恥ずかしくなった。迷惑だと思うだけで、その人の気持ちを考えてなかった。困っていたのはわたしじゃなくて、その人だったのだと初めて気づいた。

その人は、洟をかみたかっただけだったのだ。

「けんど、その人、今度は、かんだティッシュをそのまま、はいっておばあちゃんに渡してきた。わたしはたまげて、汚い思うたけんど、おばあちゃんはすぐに受け取って」

「そうだったかしら」

「ほんで、わたしが汚い言うたら、その人が捨てれんがやったら、おばあちゃんが後で捨てればいいだけのことでしょういうて」

「そんなこと言ったかしら」

「言うたよ」

「いつ」

「ピアノのお稽古の帰りやったき」

「小学生のときじゃない。おぼえてるわけないわ」

「わたしはおぼえちゅうよ。おばあちゃんは、わたしは満洲帰りで常識がないきね、そんなこと気にせんがよいうて」

わたしはわらった。

「おばあちゃんの決め台詞」

「そうそう」

おばあちゃんもわらった。

「満洲帰りは常識がないからね」

「けんど、わたしはおばあちゃんがおばあちゃんでよかった」

わたしは自分の言葉に頷きながら言った。

「いっぺんも、いかんって言われたことない。いっつも、わたしのしたいことをしたいようにさせてくれた。研究者の道は狭い道やし、結婚もできんなるいうて反対されたに、おばあちゃんは味方してくれたたね」

「そのときも常識がないって言われたね、お母さんに」

おばあちゃんも頷いた。

「どういておばあちゃんは、そんなに、気づけるが。困っちゅう人を、困っちゅうがやなって気づけるが」

わたしはまるでおばあちゃんを叱るように訊いた。

おばあちゃんはいつも、偏見とか思いこみとか、先入観といったことを離れて、その人そのものを見ている。

「よく気がつくのは、あかりもでしょう」

おばあちゃんは、前のめりなわたしを受けとめるようにほほえんだ。

わたしは、気づきたくなかった。ほんとは。

でも、気づいてしまった。

気づいてしまったら、もうあそこにはいられなかった。


おばあちゃんの誕生日を、おばあちゃんのうちにみんなで集まって祝った。

真っ白なクリームのケーキに蠟燭《ろうそく》を立てて、まあちゃんを先頭にお誕生日の歌をみんなで歌う。

おばあちゃんは一息に蠟燭の火を吹きけすと、ほんまにありがとうとも、おおきにありがとうとも言わずに、ただ、ありがとうと言った。

「ほらまた、お母さん、ありがとうやのうて、ありがとうやろ」

お母さんがおばあちゃんに注意する。わたしたちのように、語尾のがとうをつりあげないから、わあっともりあがることもない。おばあちゃんは、おばあちゃんが使う言葉と同じように、いつも決して羽目を外すことなく、きまじめだった。

おばあちゃんは、ありがとうの五文字を、目の前のケーキのクリームに埋めこみ、誕生日パーティーは、しみじみと始まった。

「それにしても、また増えたねえ。今地震が来たら終《しま》い」

お母さんが、和室に寝かせたみいちゃんのそばにすわりながら、資料の山を見上げる。まあちゃんの妹のみいちゃんが最初にしゃべる言葉もきっと、土佐弁だろう。

「この前、七三一部隊の人から貰《もろ》うてきたがはどれ」

「そこに積んである」

お母さんは満洲の絵葉書を手にした。

「なんか見たことある」

「そうね。前に寄託されたのと同じだと思うの。整理しないとね」

「ようここまで集めたね」

「わたし、リスト作ろうか」

わたしはケーキを食べながら言った。

「どうせ暇だし」

「それはえいねえ」

おばあちゃんより先に、お母さんが大きく頷いた。

みいちゃんを連れてみんなが帰った後、わたしは片づけにひとり残った。

気づけないで通り過ぎてきた後悔があるから。

街灯の下で話したあの夜の言葉で、おばあちゃんも後悔していることがあると知った。

その後悔がきっと、おばあちゃんを突き動かしている。

「おばあちゃん」

台所に立つおばあちゃんがこちらを見る。

その顔はいつもの笑顔だ。

いつ声を掛けても、笑顔でわたしを見てくれたおばあちゃん。

「あのね」

わたしは口を開いた。

第七章

あかりが帰ってきた。

物理光学だか物理工学だかいって、東京の大学の研究室で、わたしなんかにはさっぱりわからない、難しい研究を続けていたあかり。お正月でも実験があるからと帰ってこないくらいだったのに。

東京でなにかあったらしい。

いくら訊いても話してくれないと由美子は言う。


かしこい子だった。

自分がしゃべる言葉と、わたしがしゃべる言葉がちがうことに気づいたのは、まだ保育園に通っていたときだった。そんなことを訊いてきたのは、孫の中でもあかりだけだった。

孫という存在に、わたしはいつまでも慣れない。

こどもとはちがう、でも、他人でもない。こどもにはあれこれと期待し、いろんなことをさせたり、させなかったりして必死に育てたけれど、孫はもう、ただ生きてそこにいてくれるだけでよかった。孫が食べたがるものを食べさせたいし、食べたがらないものは食べさせたくない。

三年ぶりにうちの玄関に立ったあかりは、姥目樫《うばめがし》の葉っぱ越しに昼下がりの光を浴びて、わらっていた。

東京でなにがあったのかわからないけれど、すっかり面やつれしたあかりが、どこへも行ってしまわず、ここへ戻ってきてくれたことが、せめてもの僥倖《ぎょうこう》だと思った。


中国の話に興味を持ったのも、あかりだけだった。

特に食べものの話がすきで、李太太《リータイタイ》の饅頭《マントウ》の話をせがんだ。

ふわふわながやろ。

あかりはうっとりしながら訊いた。

ほんで、あまーい、えいにおいがするがよね。

何度も聞いておぼえたあかりは、わたしに代わって話した。

その話のたびに、なんともいえない、いい匂いを思いだす。もう二度とかぐことのない、李太太の饅頭の匂い。

母も、李太太譲りの饅頭を作ってくれた。作り方を教えてもらっただけじゃない。饅頭は、前に作ったときの一部を少し残しておいて、それを種にして作る。母は、最初に李太太からもらった饅頭の種をずっと引き継いで作っていたから、母の饅頭も同じ匂いがした。

帰国してからも、母は何度か饅頭を作ってくれたが、もうあの匂いは失われていた。引き揚げのとき、大事にしていた饅頭の種は持って帰れなかったのだ。

李太太のあの饅頭は、だれの饅頭の種から作られていたんだろうとふと思う。李太太の饅頭だって、だれかの饅頭の種を引き継いで作られていたはずだった。

あかりに話すたびに、わたしは中国で暮らした日々を思いだした。

ねじり菓子は油で揚げてあって、かりんとうよりは少し柔らかく、ほんのり甘い。ソ連兵が食べるかわからなかったが、意外にもよく売れた。

いつも少しだけ売らないで取っておいて、家に持って帰った。甘いものに飢えた妹の洋子と弟の健三には、売れ残ったのよと言って、食べさせた。そう言わないと遠慮する、優しい子たちだった。

長春の街角で、坊主頭でねじり菓子を売っていたのは、十六歳のとき。囚人兵と呼ばれた荒くれたソ連兵たちがいなくなって、正規兵と呼ばれた規律を守る兵隊さんたちが来て、治安がいくらかよくなったころだった。

売れるものならなんでも売ろうと、未成年なのにたばこも売っていた。シガレット、ハラショーハラショーと言えば、買ってくれた。

ねじり菓子もたばこも、下手な中国語で交渉し、中国人から仕入れた。敗戦までは満人と呼んでいた中国人が、こっちの足許を見てくる。仕入れはどうやっても高くついた。全部売れてもいくらももうからない。

うちに歌いながらやってきていた中国人の物売りを思いだした。マーチョ《馬車》やヤンチョ《人力車》の中国人も。みんな片言の日本語で話し、歌って客を呼び、値切られながらわずかな稼ぎを得ていた。そのわずかな稼ぎから、また、仕入れ代やマーチョやヤンチョの使用料を払うのだろう。

そもそも、彼らがいくらがんばっても、儲かる仕組みではなかったのだ。

母が決してマーチョの代金を値切らなかったわけが、自分が商売を始めて、やっとわかった。


父も同じだった。

興安大路の家では、いつの間に入りこむのか、何度か泥棒に入られたことがあった。家族総出でたくさん作って一斗缶に並べて外に出し、凍らしておいた餃子を取られたときはがっかりしたけど、父も母も仕方がないねとあきらめていた。お腹が空いた人が取っていくんだから、仕方がないよと。

でも、玄関にしまっておいた父の靴がごっそり盗まれたときには、さすがにショートル《小盗児》市場に探しに行った。

ショートルとは泥棒のことで、日本人は泥棒市場とも呼んでいて、泥棒に盗まれたら、そこに行けば必ず売っているといわれる市場だった。

そうしたら、本当に父の革靴が売られていた。取り返すのかと思ったら、父は、売り子の中国人に、これはうちの靴だから安くしてくれと交渉している。

だって、お父さんの靴なのに。

わたしが父の袖を引いて、不満げに言うと、父は言った。

お店の人はね、泥棒からこの靴を買って売ってるんだよ。仕入れ代がかかってるんだ。ただでは売ってくれないのはあたりまえだよ。

父はいくらか安くしてもらって、自分の靴にお金を払って買い戻した。

そのときは納得できなかったが、菓子やたばこを売った今となっては、父のしたことの意味がよくわかる。

引き揚げのときは、荷物は手に持てるだけしか持って帰れないという決まりだったため、毛布や冬物の服など、いらなくなったものを売ってお金に換えることにした。ショートル市場なら高く売れるという噂で、母が危ないと止めるのを聞かず、わたしは、安東から命からがら帰ってきて以来、ずっと寝込んでいる父に代わって、シューバ《毛皮のコート》と毛布を背負って出かけた。危ないところだからこそ日本人がいなくて高く売れるわけだし、早く売らないと売り損ねてしまう。

青空の下で、ありとあらゆるものを並べ、積み重ねて売っていた。商品が道にもあふれ、中国人でごった返していて、どこでどうやって売ればいいのかもよくわからない。近くには中国人の歓楽街があり、公認の阿片窟《くつ》もあるという話だった。いろんな匂いでむせ返るようで、どこからか胡弓《こきゅう》の音が聞こえてくる。

とりあえず売ろうと、市場の入り口でリュックサックの中身を出していると、聞きおぼえのある声で、しらみちゃん、と呼ばれた。

蘆《ロー》さんだった。母に頼まれてわざわざ案内に来てくれたという。そういえば、蘆さんの家は中国人街にあった。

わたしがシューバと毛布を出すと、蘆さんはあわてて止めた。

だめ、だめ。一回で売るのはひとつだけだよ。ここでは、お客さんが片っぽを品定めしている間に、もう片っぽをしゅっと盗られてしまうからね。

ひったくりはしょっちゅうで、盗られたら、また買い直すしかないというのがショートル市場なのだそうだ。すぐに蘆さんは毛布を売ってくれ、わたしはシューバだけを売ることに専念できた。

賑やかな市場だけあって無事に売れ、蘆さんは家に呼んでくれた。蘆さんの家はもう少し落ち着いた中国人街にあった。道の途中ですれちがったおじいさんに、蘆さんは親しげに挨拶をした。わたしもわらって挨拶した。

ところがそのおじいさんは挨拶を返さず、蘆さんの後ろにぺっと唾を吐いた。蘆さんが歩いた後の地面に、おじいさんの唾は落ちた。

大丈夫。気にしない。

蘆さんは日本語で言い、何事もなかったようにわたしを家に上げ、お茶をごちそうしてくれた。

わたしは申し訳ない気持ちでいっぱいになった。蘆さんは、日本人と親しくしていることで、立場をわるくしているに違いなかった。

思えば、ずっとずっと昔、初めて蘆さんの家に連れていってもらったとき、わたしに石を投げた子も、ただのいたずらじゃなくて、あのおじいさんと同じ気持ちだったのではないか。蘆さんは叱らずに、ただ、その子の代わりに、わたしに謝ってくれた。

謝るべきは、だれだったのか。

ターチョ《荷馬車》で戻ってきた新京の町中に、中国のあの旗がひらめいたとき、知った。

自分たちがいた場所が、自分たちのいるべき場所じゃなかったことを。

もうすぐ、わたしたちはこの場所からいなくなる。わたしたちにはかろうじて、帰る場所がある。

でも、蘆さんは、この場所のほかには、どこにも居場所がないのに。

それなのに。

お茶の味がしなかった。ここに、わたしがいてはいけなかった。一気にお茶を飲むと、早々に失礼して、家に帰った。

弟の健三がおねしょをした朝、父が濡れた布団を干しながら、庭で歌っていた。

撒尿死了《サアニョウスウラ》、撒尿死了、エイ撒尿死了。

中国語だった。威勢のいい、掛け声のような歌だが、どことなく投げやりで、もの悲しい。訊くと、おねしょの唄だという。撒尿とはおしっこのことで、撫順炭鉱で働いていた男の子のことだった。

おねしょだったからね、みんなからは撒尿って呼ばれてたけど、みんな、とてもかわいがっていたんだ。

父はなつかしそうに目を細めた。

死了というのが死んだという意味ということは知っていた。

本当の名前は王保山《ワンポサン》というんだ。王保山はね、何年も炭鉱で働いていたんだけど、ある夜に死んじゃってね、とうとうおうちに帰れなかったんだ。

ほかの苦力と同じで、はるばる山東から来ていたため、葬式もせず、炭鉱のそばに埋めたという。

炭鉱にはそういう人がいっぱいいてね、蛸搗《たこつ》きのときに、仲間の苦力が、みんなで唄ったんだ。

苦力たちが唄いながら地面を固める蛸搗きは、何度か見たことがあった。

もう寒くなっていたからね、みんなが唄いながら搗く地面はね、霜で真っ白になっていたなあ。

そう話す父の息は白かった。

そのときは、かわいそうな男の子がいたんだと思っただけだった。

でも、今になってみると、それはひとり王保山だけのことではなかったんじゃないかと思った。山東省なんて遠いところから連れてこられて、いくら働いても、何年働いても、里帰りもできない苦力たち。

日本に帰ってきたとき、苦力がいなくて、日本人が肉体労働をしていることにびっくりした。満洲では、肉体労働や物売りや雑役をするのは中国人で、そんなことをしている日本人は、敗戦まで一度も見たことがなかった。

今となっては、そんなことに驚いていた自分に驚くしかない。

がんばってもがんばっても、報われなかった中国人たち。

それが、満洲国の仕組みだった。

孫の中で一番わたしと一緒にいることが多かったあかりは、中国帰国者の会にもついてきては、みんなにかわいがってもらっていた。

お菓子をもらって、いつもご満悦だった。なんの会なのかわかっていたのかいなかったのか、簡単な中国語を覚えて褒めてもらっては喜んでいた。

中でも珠子さんは、あかりを孫のようにかわいがってくれた。あかりがいつも、珠子さんが作ってくれるものをおいしいおいしいと喜んで食べるからだろう。

機嫌のいい子だった。

でも、おばあちゃんじゃなくて、おばあちゃんみたいな人たちじゃなくて、お母さんにそばにいてほしいときもあったはずだ。

あかりは、忙しい両親に心配をかけないように、自分の気持ちを押し殺していた。

わたしは、あかりがわらっている顔しかおぼえていない。

それは、珠子さんも一緒だった。

珠子さんもいつもわらっていた。


敗戦後、軍人とその家族や満鉄関係者は真っ先に日本に帰っていったが、ほかの日本人はみな、満洲の地に取り残された。当時、父が協和会だったわたしたちも、取り残された。

日本政府は、無条件降伏をしたとき、居留民は出来得る限り定着の方針を執る、と発表したのだ。外地にいた六百万人もの居留民が帰ってきたら困ると思ったのだろう。わたしたち居留民には、日本国籍を離るるも支障なきものとす、とまで言ってのけた。

日本政府は、わたしたち居留民を棄《す》てたのだ。

満洲にいたときは知らなかった。戦後、ずいぶん経ってから知ったときは、怒りで気を失いそうになった。

満洲の夏は短い。いつ帰国できるかわからないままに、すぐに冬がやってきた。

わたしたちはそのまま、ラジエーターつきの社宅に住むことができたからよかったが、満洲国首都新京に行けばなんとかなると、辺境の開拓団村から逃げてきた大勢の避難民は、帰国できないまま、長春と名を変えた街で冬を越すことになった。多くは着のみ着のままで、中には途中で襲われて身ぐるみ剝がれた人も少なくなかったらしい。

次から次へと、よくもまあ、こんなにたくさんの日本人が満洲に来ていたことと驚くほどだという話で、最初は、住人が逃げていなくなった満鉄や軍の官舎に入ったが、すぐに足りなくなって、使われなくなった小学校や女学校が収容所になったと聞いていた。

敗戦とともに、学校はなくなっていた。わたしの通っていた女学校も、卒業した小学校も、行くあてのない避難民の収容所となっていた。

珠子さんもそんな避難民の一人だった。吉林省の奥の開拓団村から撫順まで逃げ、収容所となった工業学校の校舎に収容されていたという。

「おばあちゃん、あんまり食べてなかったね」

帰りの道で、あかりに訊かれた。

かしこいだけでなく、昔から目ざとい子だった。おばあちゃんは中国で生まれ育ったいうに、どういて中国語をしゃべらんがと訊いてきたこともあった。

中国帰国者の会で、孤児のみなさんの中国語を聞きながら、わたしが中国語をしゃべらず、日本語で答えていることに気づいていた。

そのとき、わたしはその質問に答えず、はぐらかした。

今度もそうした。

「よく気がついたねえ。あかりは頭がいいねえ」

でも、もうはぐらかせなかった。

いい話もわるい話もしてほしいと言うあかりの目は、わたしを離さなかった。

川も地面も、あらゆるものがかちこちに凍ったころだった。

わたしはちょっと遠出して、たばこをロシア人にみんな売って、意気揚々と家に帰るところだった。

興安大路と興亜街の角を歩いていた。

わたしの後ろから、二頭立てのターチョ《荷馬車》が、ぱかぱかと通り過ぎていった。

荷台には、こちこちに凍った裸の遺体が並べられ、積みあげられていた。それにただ、落ちないように荒縄を掛け、走っていく。

幌も掛けておらず、わたしにはなにもかも見えた。目をそらす暇もなかった。

みんな裸だった。

それでもわたしは、日本人だと思った。日本人にちがいないと思った。避難してきた、開拓団の人たちだと思った。

初めて、そんなにたくさんの人が死んでいることを知った。

しかも裸で、荷車に積まれて。

同じ日本人なのに。

六年通った白菊小学校は、興安大路のそばにある。きっとそこにも、たくさんの人が避難しているはずだった。歩いてすぐのところに、たくさんの日本人が収容されて、飢えと寒さで死にそうになっていたのに。

思いだしたのはまだ秋口のこと。昼下がり、勝手口をとんとんと叩く音がした。李太太か蘆さんだと思って戸を開けると、そこには、見慣れない女の人が、赤ちゃんをおんぶして立っていた。

すみません。缶詰の空き缶はありませんか。

丁寧な日本語で言った女の人は、日本人とは思えないほどにみすぼらしい格好をしていた。母がすぐに空き缶を二つ持ってきて、女の人に渡した。女の人は空き缶を両手にひとつずつ持って、足早に去った。

開拓団の人だとはすぐにわかった。空き缶でご飯を炊くんだろうと母は言った。わたしたちも夏の一時は避難民への炊き出しもしたが、ソ連兵がやってきてからは止《や》まったままだった。庭の竈《かま》もそのまま打ち捨てられていた。わたしは自分たちが生きるのに精一杯になっていた。なにかできたはずなのに。

ターチョは、西へ、競馬場のほうへ走っていった。

そして、わたしは。

わたしは、見たのに。

わたしは家に帰った。山猫の毛皮とはいえあたたかいシューバに包まれて、ラジエーターのある家に。

興安大路で、ターチョを見ていた人たちも、みんな。

通りにいる人は、わたし同様に、だれも、なにもしなかった。

なにもせずに、家に帰った。この満洲の土地に、今もなお家がある人たちは、みんな。

ただ、足早に、家に帰った。

そして、今もずっとおぼえている。

自分がなにもできなかったことを。

ありあまるものを分けるのはたやすい。でも、足りないものを人に分けることは難しい。まして、珠子さんの養父母が、自分の分も珠子さんに与えて育てたことの尊さを思う。まして、珠子さんは、自分たちの土地を奪った日本人のこどもなのに。日本政府に棄てられたわたしたちは、ともに棄てられた日本人になにもできなかったというのに。

饅頭《マントウ》。

餃子。

炒土豆丝《チャオトドスー》。

長春でよく食べたなつかしい味。

わたしにとってなつかしい味は、あの冬、分け与えられなかった後悔の味ともなった。

今は、中国に行ったこともない孫が喜んで食べる。

遺送便覧を届けてくれたけんちゃんは、収容所で亡くなった開拓団の人たちの死体を運んだと、わたしに打ち明けた。

今日は死んだ人はいませんかって声を掛けてね、収容所を回ったんだ。毎朝ね。それで、死んだ人を担架に載せて運んだ。校庭にね。冬の間はかちかちに凍って、溶けないから、そのままで。着ていた着物はね、それも貴重な衣類だから、みんな脱がしてね、生き残った人たちで分けていたよ。だから、収容所で死んだ人たちは、みんな、裸だった。

そう話すけんちゃんに、わたしはなんと言っていいかわからなかった。

それが春になると、溶けちゃうからね、春になる前に、みんな、校庭から運びだしてね、かんかんに凍っているのをターチョに積んで、荒縄を掛けてね。緑園住宅のむこうの、競馬場の先の原っぱにね、運んだんだよ。

楡の葉影に顔をまだらに染めながら、淡々と続ける。

興安大路で見たターチョ。あれは、やっぱり、日本人だったのだ。

でも、地面が凍ってて埋めるに埋められなくてね。そのまま山にして積んでね。それが春になると溶けてね、野犬に食い散らされるから、地面が掘れるようになってから穴を掘ってね、やっと埋めてあげられたんだよ。

けんちゃんは身振り手振りで話す。

馬ふんを集めた競馬場。じんちゃんが、いくらわたしと三輪さんでひっぱっても、しゃがんでくれなかった競馬場。その先の原っぱで、わたしたちはうさぎ狩りをした。女学生が何百人もで手をつないで、丸い輪を作ってうさぎを追った原っぱ。

戦時中、女学校では授業がなくなり、兵隊さんに着せる白衣を縫った。そのときは、こんなに粗末なさらしの白衣で送られる兵隊さんを気の毒に思っていた。

でも、白衣どころか、腰巻ひとつなく、素っ裸で、ターチョに積まれて運ばれる人たちがいた。

ひどかったよ。小学校も女学校の校舎も終戦になってすぐ、中国人の略奪に遭ったところに、避難民が入ったからね。みんな、寒くて、燃料がなくて、暖を取ろうとしたんだろうね。

外せるものを外して、燃やせるものを燃やしてしまって、廃屋みたいになってた。床も窓枠も剝がしてね。どんなにか寒かったろうと思うよ。

けんちゃんの言葉は、いつまでもわたしの耳に残った。

引き揚げの前に、同級生たちから最後の見納めに女学校と寄宿舎を見にいこうと誘われたが、わたしは行かなかった。

死んだ兵隊さんは恵まれていた。あの人たちより、ずっと。

あかりは毎日のようにうちに来てくれるようになった。

大豊に満洲の資料を受け取りにいくときもついてきてくれた。資料の入った紙袋も、あかりがわたしを気遣い、持ってくれた。

路面電車を降りると、真っ暗だった。あかりはさりげなく車道側を歩き、わたしをかばう。

この道を、かつてはわたしがあかりの手を引いて、歩いていたのに。

「おばあちゃんは、どういてすぐに気づくが」

叱るように訊かれて、わたしはまた、はぐらかした。

「満洲帰りで常識がないからね」

それは、かつて、舅姑《しゅうとしゅうとめ》から何度も言われた言葉だった。

満洲は核家族が多かったせいもあるのだろう。舅姑がうるさく言う常識がなかった。

日本では、ご近所からなにかいただいたら、その入れものにマッチ一箱でも入れて返す。おかずのやりとりでも、もらいっぱなしだと、あの家はけちだと言われる。満洲帰りの母は面倒くさがって、それならもらわないほうがいいと言っていた。

特に、嫁いだ山間の村では、寄って集《たか》って常識が持ちだされ、言い伝えとしきたりがなにより優先された。

「わたしはもてあまされちゃってね」

舅姑はあかりのひいおじいちゃんとひいおばあちゃんなので、それ以上は言わない。

あかりは納得しなかった。

「どういておばあちゃんは、そんなに、気づけるが」

街灯の下で、あかりはなおも訊いた。

わたしは気づけなかった。

やっとの思いで長春に辿りついた人たちが飢えと寒さで命を落としていたことに。

あの長春の地に、今も、あの人たちは眠っている。

雪が溶け、春が来て、やっと、引き揚げが始まった。あの冬を越せていれば、あの人たちも引き揚げられたはずだった。いや、もっと早く、引揚船が用意されていれば。

一軒ずつに配られた遺送便覧の通り、わたしたちは引き揚げの準備をした。安東に行ったきりだった父は、引き揚げを前にしてやっと長春へ戻ってきた。父がいない間に、まわりの協和会の課長部長クラスの人たちはみんな、ソ連へ連れていかれて、一人も残っていなかった。うちにも二回ソ連兵が父を探しにきたし、中国人も連行しにきたというのに、留守にしていたおかげで、父は連れていかれずにすんだ。家族五人が揃って引き揚げられる家はほかになかった。そのため、父は引き揚げの世話役をすることになり、中隊長ということで、二百人ばかりの隊を率いることになった。わたしは衛生班に入れられた。

引き揚げに際しては、ペストやパラチフスの予防注射をして、証明書をもらわないと、引揚船に乗せてもらえない。

わたしは、近所の病院で看護婦が足りないと頼まれて、予防注射までさせられた。病院の先生には、人助けだと思ってと懇願され、大根に注射するつもりでいいからと言われた。冗談かと思っていたら、本当に大根が用意されて、わたしは大根で注射の練習をした。うまいうまい、その調子でいいからと拝み倒され、押し寄せる引揚者何十人にも注射をした。

予防注射が終わると、その病院も閉めることになった。お給金をもらいにいったら、往診から帰ってきたばかりの先生が、思いつめた顔でぽつりと言った。

僕は今日、生きるための注射じゃなくて、死ぬための注射をしてきた。

わたしは耳を疑った。先生は淡々と続けた。往診先のあるお嬢さんの親に、娘を殺してくださいと頼まれた。精神病を患うお嬢さんだったという。引き揚げは団体行動だから、とてもそのお嬢さんを連れて帰ることはできない、みんなの迷惑になるからと懇願され、先生がいくら説得しても聞かず、やむをえなかったとおっしゃった。

わたしは、遺送便覧に、引き揚げにあたっては、一糸乱れぬ統制の下に規律ある大隊行進を行うと書いてあったことを思いだした。遺送便覧には、予防注射や携帯品の詳細だけでなく、編成から帰郷までの行程についても、こと細かに注意が書いてあった。

先生がおうちへ行ったら、お嬢さんがきちんとすわって出迎えて、先生、お待ちしていましたと言ったという。

君よりちょっと上のね、二十歳そこそこのお嬢さんだったよ、一体どうやって親は言い含めたんだろうね。

引き揚げを直前にしてまたひとつ、命が失われた。


わたしたちの引き揚げは一九四六年八月二十日に始まった。敗戦から丸々一年が経っていた。

南新京駅から無蓋《むがい》の石炭車に乗った。ぎゅうぎゅうに押しこまれ、立ったままで汽車は走りだした。わたしたちの車両はそれでもふちが高かったので、振り落とされないですんだし、途中で中国人の略奪にも遭わないですんだ。中国人の機関士はそれをわかっていて、何度も汽車を止めた。そのたびに、金や金目のものを渡して走ってもらう。機関士は錦州《きんしゅう》に着くまでの間にずいぶん財を成したはずだ。

途中で雨も降りだした。八月だったが濡れて凍え、眠るどころではなかった。立ったまま、がたがた震えながら立ち通した。列車が止まったときに降りて用足しに行った人は置いていかれたといい、一斗缶を手洗いにして、車両の隅に置き、みんなで使った。わたしはまたちょうど月経がきていたので、脱脂綿を替えるのに苦労した。

二日立ち通して、やっと錦州の収容所に着いた。そこで検疫があり、何日も待たされた。収容所の生活はひどかった。人間の暮らすところじゃないと思った。でも、国境近くから引き揚げてきて、ハルビンの収容所で冬を越した開拓団の奥さんは、ハルビンの収容所のほうがずっとひどかったと話していた。きっと長春の収容所もそうだったのだろう。

ぶかぶかの男物の服を着た奥さんは、アカザという食べられる葉っぱを教えてくれた。女の子を連れていて、その子と一緒にたくさん摘んだ。中心がほうれん草のように紫色をしていて、味もほうれん草に似ていた。

奥さんは、ハルビンへ逃げる途中で夫を亡くしていた。そして、こうなったのはあたりまえかもしれないと言った。

自分たちは満洲を開拓しに来たはずなのに、入植したとき、もう家も畑もあって、周りに住んでいた満人はみんな、今のわたしたちのようにみすぼらしかった。満人から奪ったものを、戦争に負けて、満人が取り返したのだから、あたりまえのことだった。でも、そんなことは知らなかったし、知ったときには、もう、引き返せなかった。満人よりソ連兵よりなにより、知っていて、自分たちをこんなところまで送りこんだ人たちが憎い。

奥さんは、アカザを摘む女の子をみつめながら言った。

わたしはあの子を父《てて》なし子にしたと呟く。引き揚げの列車の中で死んだ夫を裸にして、窓から投げ捨てたという。奥さんは中国人に身ぐるみ剝がれていた。

かわいそうに、まるで夫は、わたしに服をくれるために亡くなったみたいでした。

奥さんは表情なく言った。

涙など、もうとっくに涸れはてたんだろう。

村のだれも、満洲になど行きたがらず、それじゃ困るからって、だれも行かないと困るからって、くじ引きで決められたという。

わたしたち一家は、くじ引きで満洲に来たんです。

そう言う奥さんの唇は、乾ききってひび割れていた。


やっと乗れたのは、リバティ号というアメリカの船だった。戦争をした相手の国が船を出してくれるなんておかしな話だと思ったが、乗らないわけにはいかない。鬼畜米英と言う人はもう、だれもいなかった。自分たちがほんの一年前まで、そんなことを言っていたことをおぼえてもいないようだった。

船まで続くのは、長い長い桟橋《さんばし》だった。これほどに待たされたのに、我先に乗ろうと飛びだす者も、列を乱す者もいない。収容所から続く長い長い列は、粛々と進む。

その列に連なって歩いているとき、日本人というのはすばらしく優秀な民族だなと話す声が、後ろから聞こえてきた。

これだけの準備をして、遺送便覧も作って指示を出して、みんなそれを理解して、整然と事を運んで、整然と帰っていく。誰一人文句を言う人もいなくて、きれいに列に並んで、検査すると言ったら誰一人反抗せず、リュックサックの中まで見せる。

戦時中もそうだった。みんな金太郎飴のように同じ姿で、先生に言われるまま、軍人さんに言われるままに、働いた。なにを作っているか言うなと言われれば、言わなかった。

千人は優に乗れそうな大きな船で、歩み板は高く、長かった。船に乗りこむ直前でふりかえると、自分の後ろにどこまでも続く、一糸乱れぬ引揚者の美しい列が見えた。

でも、この列を乱すという理由で、命を落とした人もいる。長春の冬、収容所に押しこめられ、文句ひとつ言わずに、飢えて、凍えて、亡くなった人もいる。引揚列車で亡くなって、窓から投げ捨てられた人もいる。

どうして一糸乱れず列になって引き揚げができたのか、今ならわかる。

足手まといになった人たちは、あの桟橋まで、辿りつけなかったのだ。

気づけなかったことはたくさんあった。

「気づけなかったから」

わたしはあかりに言った。

「気づけないで通り過ぎてきた後悔があるから」

だから、もう後悔をしたくなかった。

今も、気づいていないことはいっぱいあるはずだった。気づかなくて、見過ごして、やり過ごしてしまっていることが。

「そやき、もう七十年も経ったに、満洲の資料を集めゆうが」

「そうね」

退職してから収集を始めた満洲の資料は、二階の二部屋を占領し、一階の和室まで侵食してきていた。

「中国帰国者の人らあの支援もずっとしゆうし」

「そうね」

「もうすんだことやにって、非難されたりしゆうって聞いた」

「そうね」

もう何十年も前のことなのに今更とか、戦争だったんだからしかたないとか、もう国交も正常化して賠償問題も解決済みなのになどと、満洲を知らない人たちに言われるのはつらくなかった。つらいのは、満洲にいた人たちに非難されることだった。

いつまで満洲のことにこだわってるの。わたしたちは親に連れられて渡っただけで、わたしたちに罪はないのに。何ひとつ、わたしたちこどもにはできなかったんだから、わたしたちのせいではないのに。

言われた言葉のひとつひとつをおぼえている。

「どういてそこまでするが」

あかりの問いは、わたし自身の問いでもあった。


なにを作っていたのか、知らなかった。

わたしも、一緒に作っていた同級生たちも。

自分たちがなにを作っているのか、考えもせずに。

帰国し、父の故郷である高知で暮らし、県立高知高等女学校へ通った。そこで初めて、自分が満洲でなにを作っていたか知った。

高知の女学校でも、同じものを作っていたのだ。彼女たちは、わたしのやっていなかった、その先の工程も、その前の工程もやっていた。

わたしは、やっと、自分がなにを作っていたのか知った。

わたしたちが作っていたのは、風船爆弾と呼ばれる兵器の一部だった。

紙風船を思い浮かべたのはまちがいではなかった。

新京から遠く離れ、アメリカの空襲で焼け野原となった、この高知に辿りついて、やっと。

あの日から、二年がたとうとしていた。

わたしがしていたのは、紙を貼りあわせて風船の原紙を作るところまでだった。高知高女の生徒は、そもそものその紙を作るところも、それを貼りあわせて風船にするところもやっていた。楮《こうぞ》という紙の原料になる黒い木の枝の皮を剝ぐところから作業は始まったという。硬い皮なので、プールにつけてふやかし、教室や廊下に運んできて、みんなで皮を剝いだという。その作業を皮へぐりとみんなは言っていた。

高知ではね、小学生も、玉水新地《たまみずしんち》の芸者さんも、県知事夫人もやったがでと、彼女たちはなんだか誇らしげだった。わたしと同じように、原紙を作り、検査をして、補修し、裁断したあとは、講堂の床で、みんなで貼りあわせたという。せーので一斉にやらないとよれてしまうと言われ、同じ方向にむかって、指でぎゅーっと押さえて貼りあわせたという。何度も何度もぎゅーっと、指で。

いくつかの班に分かれて作業をして、どの工程でも班ごとに競わされたという。班長になった人はその責任できつくなって、ぐずぐずしていると叱られて、とても怖かったそうだ。手を抜くことなんてとてもできなかったという。

そして、指紋がなくなったり、指が曲がったりした手を見せてくれた。当時は、つるつるになって、物も摑めなくなって困ったという。今は、寒くなるといびつに曲がった指が痛むという。

冬の西風に乗せてアメリカに飛ばし、山火事で五百人もの死傷者が出たという大戦果に大喜びしたが、それも大本営発表だったという。目撃者数を死傷者数にすりかえた発表だった。

ただ、アメリカに届いたことはまちがいなく、そのひとつはオレゴン州の山で爆発して、ピクニックに来ていたこどもたち合わせて六人が亡くなった。これが、日本軍がアメリカ本土を攻撃し、死者を出した唯一の戦果となった。

アメリカへ飛ばした風船は、敗戦の年の冬の西風がやむ春まで製作された。わたしたちが満洲で作っていたのは、その後からだ。

わたしたちの作った風船は、アメリカにむかって飛んでない。

せめてもの救いだった。

それなら、わたしたちはどこへむけて飛ばす風船爆弾を作っていたのだろう。

自分が作っていたものがなんだったか知ったとき、新たな疑問が生まれていた。

「なにも考えていなかったせいで、やってしまったことがあるの」

「風船爆弾を作りよったいうこと」

あかりのそのまっすぐな問いに一瞬怯んだが、わたしは頷いた。

「そうね」

わたしは肩をすくめてわらった。

「風船爆弾なんてねえ。むこうは原子爆弾作ってるのに」

「けんど、無人兵器いうことは、今のドローン兵器と同じやもんね。弾道ミサイルとかね」

あかりの言葉に頷く。たしかに、その非人間的なところは現代の最新兵器に共通している。

「当時、太平洋を越えるミサイルはなかったから、そう考えるとすごい兵器ながよね。実際に人を殺しちゅうし」

わたしは驚いてあかりを見た。これまで、そういう風に考えたことはなかった。

「でも、満洲で作りよった風船爆弾は飛ばんかった。おばあちゃんが作った風船爆弾は、だれも殺してない」

「でも、兵器なんだから、殺すつもりで作られたものなのよ。なにを作っているのかはわからなかったし、考えもしなかったけど、兵器だっていうことは、当然、そのころからわかってた」

罪の意識から逃れるためなのか、戦後、自分が兵器を作っていたなんて思いもしなかったと言った同級生がいた。そんなはずないのに。命令されて作らされていたんだから仕方ないと言った同級生もいた。

わたしは女学校を卒業し、働き、二人の子を授かり、退職してから満洲の資料を集めはじめた。そして、東京神田の古書店の三階で、風船爆弾について書かれた本と出会い、自分が作っていた風船が、ペスト蚤を載せてソ連に飛ばすためのものだったと知った。

ソ連むけなら、偏西風は関係ないから一年中飛ばせるし、アメリカに飛ばすよりも小さい風船ですむ。自分が作っていたものが風船爆弾の風船だったと知ってから、もう三十年以上がたっていた。

それまでは、中立条約を破って侵攻してきたソ連を恨んでいた。でも、日本だってソ連に対して備えていたのだ。しかも、その土地は中国であって、日本ではない。

日本は、ソ連が侵攻してくることも知っていた。大本営は、あの敗戦の年の五月のうちに、満洲の四分の三を放棄する命令を出し、関東軍の大部分は密かに南下して、わたしたち一般人を棄てていた。思えば、夏になる前に、日本に帰国した同級生たちもいた。軍に関係する家の人ばかりだった。

同じころには最後の根こそぎ動員もあった。満洲に行けば兵役を逃れられるという謳い文句だったのに、四十を越した男たちまで兵隊に取られて、ソ連の侵攻に備えさせられた。ソ連が侵攻してきたとき、開拓団村には働き盛りの男たちがいなくなっていた。

風船爆弾が飛ばなかったのは、想定していたよりも早くソ連が侵攻してきたからに過ぎない。

「飛ばなかったのは偶然」

だから、飛ばなかったとはいえ、また、標的がちがっていたとはいえ、風船爆弾で亡くなったアメリカの人たちに対して、なんの責任もないとは思えない。でも、実際に高知の女学校で風船爆弾を作っていた同級生の一人は、今さら蒸し返してどうするのと言う。わたしたちはやらされていただけなんだからと言う。

「わたしが日本に帰ってこられたのも、運」

満洲に今も眠る人たちとわたしは、なにもちがわない。ただ、そうならないように生まれていただけ。

「なにもかも運やっていうが、わかる」

あかりが頷いた。

「わたし、おばあちゃんにかしこいって言われて、自分はかしこいがやなって思うて、そのま ま、東京の大学に入って、博士取って。それは、自分が努力したせいやってずっと思いよった。ほかの子がええ点取れんがも、大学落ちるがも、博士取れんがも、みんな、努力が足りんがやって、思いよった」

「そうじゃないの」

「そうじゃないよ、おばあちゃん。わたし、そんなに勉強で苦労したことないもん。たまたま、勉強ができるように生まれただけ。ほんで、勉強がすきやっただけ」

「あかりは努力したよ」

高校受験のときも、大学受験のときも、塾に通わず、夜遅くまでひとりで勉強していたと聞いていた。

「わたしの努力なんてだれでもしゆうよ。中学生のとき、となりの席の子に英語を教えたけんど、なんぼ教えても英語の大文字と小文字の区別ができんかった。小学生のときは、九九ができん子がおった。昼休みも教室に残されて、ずっと九九をやらされよった。あの子ほど、わたしは九九を覚えるがに努力してない。覚えれんあの子のほうが、わたしよりずっと努力しよった」

あかりが九九を覚えたのは、小学校に上がる前だったのを思いだす。保育園の帰り道、手をつないで、一緒に九九を誦《そらん》じた。そのころ小学二年生を担当していた由美子が、九九の表の採点をしているのを見て、あかりが興味を持ったのがきっかけだった。あんまり覚えるのが早いので、わたしもおもしろがって、漢字や英語まで教えた。

「うまくいかんがは、その人の努力不足やとか、その人にもわるいところがあるきやと思いよった。けんど、たまたまやったりする。運の良し悪しだけやったりする。今になって、つくづくそう思うようになった」

あかりは星空を見上げて足を止めた。

「東京でなにがあったの」

わたしはあかりを見上げた。

「訊いてもいい」

あかりは頷かなかった。

それでも、街灯の下で、その唇はたしかに開いた。

九十歳の誕生日を迎えた。

この歳になると、誕生日を祝ってもらうのはそんなにうれしくない。でも、こどもも孫も揃って集まってくれるのはうれしい。

由美子とひなたは和室の資料の山を見上げて驚いた。

「ほんまに、よう集めたねえ」

「おばあちゃんの執念やね」

由美子とひなたが言いあうが、あかりはもう、どういてそこまでするがとは訊かなかった。

満洲からの引き揚げのとき、千円以上の現金はもちろん、写真の一枚も、文字で書かれたものも、持って帰れなかった。許されたのは、父が持ち帰った遺送便覧だけだった。今、手元にある幾枚かの写真は、かつて母が手紙とともに折々に実家に送っていて、かろうじて残ったものだ。

わたしは、すべてを手放して引き揚げてきた。だからわたしは、こうして、満洲に置いてきたものを取り戻そうとしているのかもしれない。

それは、失われたわたしの一部。

わたしはずっと、わたしは満洲国の国民だと思っていたけれど、母も父もそうは思っていなかった。日本人は、満洲国で暮らしながら、ずっと日本国民だった。だから、国がなくなった途端に逃げないといけなくなった。

あの国がたしかにあったこと。あの国に巻きこまれてたくさんの人が命を落としたこと。今もあの国のあった場所に、あの国の国民ではなかった人たちが眠っていること。

わたしが死んでも、満洲にいた人たちが一人もいなくなっても、この資料たちはそれを証言してくれる。

リスト作りは二階の資料からと思っていたが、あかりは和室の資料から取り掛かった。忘れないうちに、新しいものからやるのが大事だという。

毎晩遅くまで実験に次ぐ実験をしていたというあかりは、さすがに手慣れていた。高知大学に寄贈することになっている資料を、写真を撮ってリスト化し、どんどん箱詰めしていく。

作業をしながら、あかりはぽつぽつと、東京でのことも話してくれるようになった。

大学の研究室は男性研究者ばかりで、女性はあかりだけだったと言う。

「教授にはね、しょっちゅううちの紅一点ですって言われて、だれか来るたびにひっぱりだされてね、なんかね」

東京の話をするとき、あかりは気づかないうちに、東京の言葉になっていた。

「褒めてくれてるんじゃないの」

「そう、褒めてくれてるつもりだからたちがわるいのよ。女子が一人いるだけで、だれでも研究室に入れるっていうアピールになるの。女子だからって、こつこつやるだろうって、めっちゃ根気のいる研究課題を振られたりして」

　由美子も案じていたが、その口ぶりから察すると、やはり、所属していた研究室でなにかあったらしい。

「研究室に女子一人じゃ、大変でしょう」

「そうね。でも、わたしはなんだかんだ、うまくやってたかな。結構厳しいからね、研究室って、どこも。毎年だれかが消えていくの。蒸発しちゃって、就職もしないで、修論も書かないままで」

「実験が大変なのかしら」

「実験も大変だけど、人間関係がね。研究室って教授トップに十人くらいしかいないから、年中その十人なら十人でやってくしかなくて。それで、ものすごく上下関係があるからね、上の人に叱られたりしてね。つらいのよ」

「叱られるって」

「三時間ぶっとおしで声を荒らげて叱っている助教とかね、いたよ」

「だって、研究者ってみんな、少なくとも大学は出てるわけでしょう。成人してるんじゃないの。成人している人を叱るってどうなの」

　思わず語気を強めてしまった。

「そうだよね。おばあちゃんもそう思うよね」

　あかりはノートパソコンのキーボードをみつめたまま言った。

「でも、わたしは気づかなかった。それがあたりまえだって思ってた」

あかりのおかげで、和室はみるみる片づいていった。ガラス戸のはまった書棚に取り掛かる。

「この中は、ひいおじいちゃんの資料」

灼けた一冊の本を出し、紙を挟んでおいたページを開いて見せた。

「ほら。ここに線が引いてあるでしょう。ひいおじいちゃんが引いたの」

そこには、海外の居留民を現地に残すと政府が決定したことが書かれていた。

「引き揚げで苦労したからね、ひいおじいちゃんは。どんな思いでこの線を引いたのかなって思うの」

あかりはそっとその線をなぞった。わたしの父、あかりにとっては曽祖父に、あかりは会ったことがない。

「ひいおじいちゃんは、どういて満鉄をやめたが。当時の大企業やろ」

一言で答えるのは難しかった。

「満洲にはね、モップルっていう組織があったの。モップルっていうのは、革命運動を助ける国際組織。それに、ひいおじいちゃんが入ってたの」

当時、うちにしょっちゅう来ていた河村さんは、その幹部だったという。

「ロシア革命運動の犠牲者の救援をしたということでね、検挙されて、半年も留置されたの」

「ええ、拘置所に入れられたが。ひいおじいちゃんが」

「そう。転向しないと出てこれないから、わたしたち家族のために転向してくれてね」

幸い、父は不起訴となったが、河村さんは治安維持法違反で起訴された。あのお調子者の河村さんと治安維持法が、今でもどうしても結びつかない。

「未決のままで拷問にも遭ったらしいわ。それなのに、そのときわたしは小さくて、半年の間に父のことをすっかり忘れちゃってたの。ひどいわよね。それが父が二回目に検挙されたとき」

「待って待って。拘置所ってだけで驚きゆうに、二回も。それに拷問って」

「一回目は、満鉄のね、撫順炭鉱の労務課で事務をしていたころ、炭坑夫の待遇がわるいことを知って、黙っていられなくってね、率先して待遇改善を求める要望書を出したのよ。それで検挙されて。今じゃ考えられないわね。それからは冷や飯食いになっちゃってね」

冷や飯食いのころをよくおぼえている。長春の満鉄の保養所の管理人になって、初めて長春に住むようになった。西安《せいあん》大路にあった白菊会館で、一階の二間きりの管理人室でみんなで暮らした。

そこで出会ったのが蘆《ロー》さんだった。蘆さんは白菊会館のボイラーを焚いたり掃除をしたりするボーイさんだった。

すぐにわたしたちの名前を覚えてくれて、映画を見に連れていってくれたり、中国人街の家に連れていったりした。

アジア一の大きさの豊楽《ほうらく》劇場で、李香蘭《りこうらん》の映画を見たのをおぼえている。母が、上海の映画館では日本人を狙って座席の下に爆弾が仕掛けられていると心配したので、すわる前には大騒ぎして、みんなで座席の下を覗いた。

「炭鉱夫の待遇改善。自分のことじゃないに、ひいおじいちゃんはそれで検挙されたがやね」

「そうね、いつも、中国人は気の毒だって言ってた」

「炭鉱夫って中国人なの」

「そうよ。満洲でね、炭鉱夫もそうだけど、肉体労働をしている人はみんな中国人。日本人はだれもしていなかった」

あかりは、わたしが日本に引き揚げてきて、日本人が肉体労働をしていることに驚いたときと同じように、驚いた。

「結局、協和会っていうところに誘ってくれる人がいてね、転職したの。協和会って、満洲国で五族協和をすすめた組織でね、政治家も役人もみんな協和会だった」

「そもそも、満洲国は日本の傀儡《かいらい》国家なんだから、満鉄も協和会も変わらんがやない」

「そう。満鉄も協和会も、今となっては同じなんだけど、当時はね。わたしたちは満洲事変がでっちあげだなんて全然知らなかったから。ひいおじいちゃんは、協和会の理念に賛同してね」

「ひいおじいちゃんは、ひいおじいちゃんなりに、当時の体制に抗うたがやね。検挙されても」

わたしは頷いた。

「どういてひいおじいちゃんはそんなことができたがやろうね」

「わたしもね、ずっとそれを考えてるの」

わたしは腕組みをした。

「ひいおじいちゃんのお父さんはね、ひいおじいちゃんが生まれる前に日清戦争で戦死してるの。もしかしたら、旅順《りょじゅん》くらいまで行ってたかもね」

清国だった中国との戦争に、既に祖父の代から関わっていたことに、口にしながらも慄然《りつぜん》とする。

「昔のことで、まだ戸籍にも入ってなくて、結局、今となっては名前もわからない。お母さんは別に嫁いで、ひいおじいちゃんは、母方の祖母に引き取られて、伯父さんに育てられたの。だからかな、わたしたち家族をとても大事にしてくれたし、弱い立場の人に優しかった」

父の伯父は﨑山比佐衛《ひさえ》といい、今ではブラジル移民の父と呼ばれている。

「伯父さんは東京でブラジル移民のための学校を開いててね、父を呼び寄せてくれて、大学にも行かせてくれて。それがね、大正の大失業があって、不景気でね、関東大震災もあった。世の中は満洲移民ばっかりになって、ブラジル移民ははやらなくなっちゃってね、伯父さんは学校を閉めてね、ブラジルに移民することにしてね、ひいおじいちゃんを誘ったの」

「でも、ひいおじいちゃんは満洲に行ったんでしょ」

「そう。断ってしまったの。ひいおじいちゃんは伯父さんとはちがって、開拓とかそういう労働にはむいてなかったし、文学で身を立てたいっていう望みがあってね」

父は島崎藤村に師事し、帰国してからはたくさんの詩と散文を遺した。

「伯父さんの期待を裏切ったのに、伯父さんはね、一言も責めなかったそうよ。それでね、伯父さんを神戸港で見送ったときにね、言われたんですって」

父の遺したものを見るたびに思いだす。安東から、中国人に身をやつして、ぼろぼろになって戻ってきたとき、布団で横たわったまま、父は話してくれた。

「移民というものは、鎌と鍬を持っていくべきなのに、満洲移民は武器を持っていっているって。あれはよくないって。長続きはしないって」

この話をしてくれたのは、その一度きりだった。

「生まれる前に父を亡くした自分を、﨑山家の三男、自分の弟として籍に入れて、父親代わりになってくれた伯父と、それがね、今生の別れだったって。実際ね、伯父さんはブラジルのアマゾン川流域のマウエスで開拓移民として生きて、マラリアで亡くなったけど、今は七十人以上の子孫がいるし、伯父さんを顕彰した﨑山比佐衛公園まで作られたのよ」

伯父の死が伝えられたとき、申し訳ない、申し訳ないと泣いていた父。父の心の中には、いつも、伯父が遺した言葉があったんだろう。

「伯父の言ったことが正しかったって、ひいおじいちゃんは言ってた」

灼けた原稿用紙に綴られた、中国語混じりの詩に、あかりが見入っていた。

今、無性に父と話したかった。

日中国交が正常化して、わたしが再び中国を訪ねたときには、引き揚げからもう四十年が経っていた。

新京という街はどこにもなかった。あるのは、長春という名前の街だった。

興安大路のどろやなぎの木は、春に飛ぶ大量の綿毛が公害になるということで、みんな切り倒されて、なくなっていた。六年間おなじみだった忠霊塔もなくなっていた。

でも、白菊小学校も、その前の白い給水塔も、お城みたいな関東軍司令部もあって、目を見張った。長春駅から乗ったタクシーの窓からは、敷島高女も杏花寮もそのままあるのが見えたが、おむかいにそびえ立っていた新京神社の大鳥居は、さすがになくなっていた。

わたしは、かつて毎日のように通っていた飯場に行った。

わたしが小学生のときには、まだできあがっていなかった。冬は凍って仕事ができないから、なかなかはかどらなかったのだろう。父が転勤、わたしが女学校に上がって、李太太《リータイタイ》とは一度別れてしまい、結局、わたしはできあがった建物は見ていなかった。

そこには、もちろんもう飯場はなく、三階建ての建物が建っていた。一階が店で、二階三階がマンションのようだった。ああ、これは李太太たちが作ったんだと思った。

李太太に会いたかった。会いたくてたまらなかった。いるわけはないとわかっていたけど、建設途中、敗戦で中断していた帝宮にも行ってみた。

李太太たちが作った基礎の上に、見事な建物が建っていて、長春市の地質学院として使われていた。李太太たちは、ずいぶん深く掘って、基礎を作っていた。いつまで掘っているんだろうともどかしく思ったくらいだった。きっと、しっかりした基礎があってこその、この立派な建物に違いなかった。

溥儀皇帝の宮廷府はずっと、新京の東の中国人街のそばにあった。宮廷府の割には、小さくて粗末な建物だった。満洲中央銀行や関東軍司令部のほうがはるかに立派だった。新しい宮廷府が建てられていたが、建国十三年目でなお、基礎しかできていなかった。

気づいてみると、なにもかもがあからさまだった。


いくら探しても、李太太はいなかった。あんなにたくさんいた苦力も、ジャングイもいなかった。飯場もなくなっていた。

敗戦になってすぐ、李太太の飯場の工事は止まった。労働者たちもいなくなった。だから、頭ではわかっていたけど、なんとなく、まだ李太太は、あの飯場にいるような気がしていた。あの飯場で、苦力たちと、せっせと働いているような気がしていた。

李太太は、いつも裏口からやってきた。わたしたちはこどものくせに平気で玄関から入っていた。正月の祝いに家に行ったとき、表でしらみを落として焼いていた子を思いだす。ふかふかのシューバを着て、李太太の家の門から入るわたしと目が合った。

あのとき、あの子の目は、わたしをにらんでいたんじゃなかったか。

蘆さんの家に行ったとき、石を投げつけてきた子。

蘆さんがショートル市場を案内してくれていたとき、蘆さんの後ろで唾を吐いた人。

ずっと優しかった李太太は、敗戦後、阿片中毒になった。わたしたちが引き揚げるからと、花模様の靴を作ってくれていた。わたしと洋子は、李太太がわたしたちの靴を縫ってくれるのを見に、せっせと通った。わたしには黒い靴に赤い花、洋子には赤い靴に白い花の刺繍をしてくれていた。一枚一枚、花びらが縫い取られるのを、わたしたちは魔法のように思って見ていた。でも、結局、靴はできあがらなかった。

あの優しさを享《う》けたことが過ちだった。

なにも知らないで、享けてはいけない優しさを享けたことが、わたしの過ちだった。


協和会の官舎は残っていた。

わたしたちが住んでいた官舎ではなかったが、同じ官舎だ。

その前の道を、ターチョがかたがたと通っていき、わたしは四十年前に戻ったのかと目をこすった。

だれも住んでいないようだった。草ぼうぼうになった庭に、わたしは入っていった。

この庭に、トマトがあった。

「わたしはね、トマトに助けられたの」

これまでだれにも話したことがないことを、あかりには話しておきたいと思った。

「乱暴なソ連兵が進駐してきてね、女の人が襲われるようになってね、女の人はみんな坊主頭になって、家に隠れたの。わたしも、兵器にするからってずっと伸ばしていた髪を切ってね、坊主頭になってね、今も忘れない。坊主頭にね、はえがとまってもね、わかるのよ」

あかりがまじまじとわたしを見た。

「もしものときには飲みなさいって、青酸カリを持たされてね、家から出ないで閉じこもってたの。でもね、庭にトマトを取りに出たときに、ソ連兵が家に入ってきたの。マンドリンっていう機関銃を持って」

そのときのことを思いだすと、今でも胸が苦しくなる。

「あわてて庭の倉庫に隠れたんだけどね、ソ連兵が近づいてきて、倉庫の扉の前で止まったの。がちゃがちゃいう、マンドリンの音と一緒にね。倉庫の扉に鍵はなかった。開けられたら最後。わたしは、青酸カリの包みを開いて、辱めを受ける前に死のうとしたの」

金魚の水槽のぷくぷくが弾ける音とともに、あかりが息を飲む音が聞こえた。

「飲もうとした瞬間にね、足音が倉庫の前を通り過ぎていったの。出てみたら、倉庫の前にトマトのへたが落ちてた。ソ連兵は、トマトを食べて、行ってしまったのね」

「よかった」

あかりが大きく息をついた。

「運がよかったね」

「そう。運がよかったの」

運がよかっただけだった。斉藤さんのおばさんは、斉藤さんをかばって逃げられず、襲われた。

あのおばさんとわたしの違いはただ、運の良し悪しだけ。

トマトに助けられて、満洲の冬を越せて、引揚船の待つ桟橋に辿りつけて、やっと気づいた。


運よく乗れた船の中でも、もうこれで日本に帰れると思ったら、安心して気が緩んでしまうのか、力尽きて死んでいく人たちがいた。ほとんどが開拓団の人たちだった。

無理もなかった。船に乗ってからの食事は、一日二回、薄い汁のようなお粥が一杯だけだった。塩で味をつけただけで、お米粒は数えるくらいしか入っていない。

わたしたちも、長春を出てから、肉や魚はもちろん、野菜もほとんど食べていなかった。にんにくと収容所で摘んで食べたアカザくらいだ。

みんな飢えていた。栄養失調でおできができて、しらみがわいていた。わたしも背中のおできが大きくなり、膿《うみ》が出て止まらなかった。

しらみもわいた。髪の毛だけでなく、洋服の縫い目にもずらーっと並んでいる。これまでしらみなんてわいたことはなかった。

あらあら、ひろみちゃんが本当のしらみちゃんになっちゃったわね。

母はそれでも冗談めかして、くしで梳《す》いて落としてくれたが、後から後からわいてくる。きりがなかった。

ぽろぽろ落ちるしらみをみつめながら、お正月に李太太の家に遊びに行ったときに見た、物売りのこどものことを思いだしていた。


わたしは衛生班ということになっていたので、病人のお世話をしなくてはいけなかった。

リバティ号の船員は日本人で、炊事をする人もわたしたちの世話をする人も日本人だった。

船員だけはいつも白いご飯で、おいしそうなものを食べていた。

同じ船に、飢えて、力尽きて、死んでいく人がいるのに。

それなのに、この状況をだれも咎めない。

玄界灘《げんかいなだ》で振り回されていたときには、船酔いでその記憶がないが、亡くなった人があるたびに、衛生班のわたしは甲板に上がり、そのお世話をした。

ほかの船ではそのままどぶんとやる船もあったそうだが、わたしたちの船では毛布を巻いて、板に載せて、板を斜めにして、すーっと海に落とした。

でも、船がその周りを一回り回って、ボーッと汽笛を鳴らしていたのは最初だけだった。あんまり次から次へと亡くなるので、いちいち、そんなことをしていたら遅くなると言われた。実際、そうしている間にも亡くなる人が出た。

遺体をただ海に落とすだけになった。


女の子が亡くなった。同じ開拓団の人が、両親も兄弟も途中で死んだ、家族はいないという。死んだ女の子よりも少し小さい女の子が、遺体のそばを離れない。

あなたのお姉さんなのと訊くと、女の子はわずかに首を横に振って、お友達と答えた。わたしは、残念ねと言いかけてやめ、なかよしだったのねと言った。女の子は頷かず、死んだ女の子をみつめたまま、呟いた。

さっきまで、遊んでたの。一緒に。

わたしは死んだ女の子を手早く毛布でくるみながら、なにをして遊んでたのと訊いた。

女の子は、しりとりとこたえながら、毛布にくるまれて見えなくなっていく、死んだ女の子をじっとみつめていた。

次は、みっちゃんの番だった。

女の子がそう言ったとき、毛布にくるまれたみっちゃんと呼ばれた女の子は、載せられた板をすべって、海へ落ちていった。

生きている女の子は、死んだ女の子が落ちた海面をみつめて、そりみたいねと言った。よくね、そりで遊んだの。みっちゃんと。

そう言った女の子に、掛ける言葉がなかった。なかよしだったのねと、わたしはもう一度言った。

船室から、肉を揚げる香ばしい匂いが漂ってきた。きっと、今日のお昼はとんかつを食べるんだろう。長い間食べていなくても、その匂いはおぼえていた。

わたしは怒れなかった。わたしだって同じだ。

長春で、あの冬が越せなかった人たちになにもできなかった。ターチョで運ばれた人たちを。同じ町で暮らしていたのに。

博多港に着くまでに、わたしが知っているだけで、十人もの人が亡くなった。


陸地が見えたとき、甲板にいた人たちは口々に内地だ、日本だと叫んで、泣きだした。

母も父も、しきりになつかしがって、やっと帰ってきたと泣いていた。

わたしは、初めて見る、深い緑に染まる陸地を、ただ、きれいだと思いながら眺めた。

戦争が終わってから、たくさんの人が死んでいった。あの陸地に帰りたくて、帰れなかった、たくさんの人たちを思った。あの人たちを中国の大地に残し、海に落として、この船はあの陸地にむかっていく。

甲板には、いつかわたしを家に呼んで、自分をかばってソ連兵に襲われたおばさんの話をした斉藤さんがいた。そして、そのおばさんも同じ船に乗っていた。

日本に帰ってきたというのはまだよくわからなかった。ただ、もう青酸カリがいらない場所に来たのだということはわかった。

世間では、いつの間にか、一年前のラジオを聞いたときが終戦だということになっていたが、わたしにしてみれば、青酸カリが必要になったころから、むしろ、戦争が始まったように思っていた。青酸カリが必要だった場所は、青酸カリを持たされたわたしたち、斉藤さんや、斉藤さんのおばさんや、わたしにとっての戦場だった。

わたしたちは、生きることよりも、貞操を守って死ぬことを求められていた。わたしたちも、そうすることを疑いもしていなかった。渡された青酸カリで死ぬつもりだった。

あの日、わたしは、青酸カリを使わなかったおばさんから目をそらした。

あのときのわたしは、なにもわかっていなかった。

生きて虜囚《りょしゅう》の辱《はずかしめ》を受けず。撃ちてし止まむ。一億玉砕。

銃後を守り、動員作業に明け暮れ、玉砕こそ本望と信じていた、戦時中と同じだった。

わたしは、生きたいと思った。たとえ、もしものことがあったとしても、わたしは、生きたいと思った。

わたしは青酸カリの袋を首から取って、海に投げた。

海面は遠く、しぶきは上がらなかったが、黒いほどに深い海に呑みこまれ、すぐに見えなくなった。

海面をみつめながら、やっと、ああ、戦争が終わったと思った。

甲板の斉藤さんと目が合った。斉藤さんも首から青酸カリの袋を取ると、海に投げた。

弧を描いて海に落ちていく軌跡を、一緒に追った。

大人たちはだれも、見ていなかった。少しずつ大きくなる陸地に夢中だった。

歓声を上げ、すすり泣く人たちの背中越しに、わたしたちは頷きあった。

わたしたちは、生きる。


戦争中は言われるままに風船爆弾を作った。その爆弾で死ぬ人のこと、その人にも家族がいたり、泣いたりわらったりしながら毎日を生きている人なんだということなんて、考えもせずに。

戦後も言われるままに、襲われたら死のうとしていた。自分の体なのに。襲われたらもう生きていけないなんて勝手に決めつけられて、そう信じこんで、死のうとしていた。

戦時中も戦後も、なにも考えてなかった自分に気づいてからは、これまで見てきた光景や楽しかった記憶が、別の意味を持つようになった。

シンガポール陥落を提灯行列で祝ったころ、学校の名前が国民学校に変わって、教科書が変わって、ドレミがイロハになった。

よくイロハと言われるが、本当はイロハじゃない。ドはハだから、ドレミはイロハじゃなくて、ハニホ。ハニホヘトイロハ。コーラスをやっていたわたしは、和音のドミソ、ドファラは、ハホト、ハヘイと言っていた。

慣れは怖い。どんなことにも、すぐに慣れる。

音楽の先生がうっかりドレミで言ったら、わたしたちはすぐにハニホで直した。えらそうに、胸を張って。

先生、ちがいますなんて言って。

教科書に載っていることはなんでも、正しいと信じてた。その通りにやるべきものだと、思いこんでいた。

音楽の先生はしょっちゅうまちがえていた。外国で音楽を学んだという評判の、ハイカラな先生だった。

みんなに指摘されては頭を掻いていたあの人は、もしかしたら、わざとまちがえていたのかもしれない。

あかりに訊かれた。

「おばあちゃんが中国語を話さないのも、そのせい」

まだ小さかったあかりに訊かれたときは、はぐらかした。

「これ、読んだけんど」

あかりの手には遣送便覧があった。

「満洲からの引き揚げやに、満洲いう言葉がないがやね。東北になっちゅう」

あの日から、新京は、長春という聞き慣れない名に変わり、わたしはわたしが生まれ育った地を東北と呼ぶようになった。

「ほんまは、おばあちゃん、中国語が話せるがやろ」

「もう忘れちゃったわ」

そうわらいながら、もうごまかしたくなかった。

四十年経って、長春を訪れたとき、わたしは、かつて興亜街だった通り沿いの食堂に入った。

混みあった店内で小さなテーブルにすわると、店員が寄ってきて注文を聞いた。

そのとたん、中国人と見れば誰彼かまわず、ニイヤと声を掛けていたおばさんたちを思いだした。

わたしは怖くなった。

わたしがおぼえている中国語は、支那語と呼ばれた言葉だった。ニイヤと中国人を呼ぶような言葉だった。満洲国だったときに、満人と呼んでいた中国人にむかってしゃべっていた言葉だった。

わたしは中国語をしゃべれなかった。

身振り手振りで、となりのテーブルの人が食べているものを注文した。

お昼どきで、店内はいっぱいの客だった。みんな知り合いなのか偶然居合わせた人たちなのか、よくしゃべり、よく食べ、よくわらっている。開け放された食堂の外でも、バイクを吹かしたまま、その音に負けないよう、しきりにしゃべっている人や、売り声を張りあげて切糕《チェーゴ》や煎餅《ジエンビン》を商う人がいる。

その騒々しさは、この街が新京だったときと、なにも変わらなかった。

でも、もう二度と、わたしは、新京に行くことも、満洲に行くこともできない。ここは新京ではなく長春だった。満洲帝国ではなく、中国東北部だった。

新京も満洲も、もうどこにもなかった。

消えてしまった。

飯場と一緒に、李太太もジャングイも消えた。

夢みたいに。

なにもかも。

それでも、中国人の騒々しさは変わらなかった。

そのけたたましいほどの声を聞いているうちに、涙があふれて止まらなくなった。

ああ、帰ってきたと思った。

わたしにとってなつかしいのは、この騒々しさだった。昔も今も変わらない、この騒々しさが、わたしのふるさとだった。

なつかしいなんて、日本人のわたしが思ってはいけないのに。それなのに、ここでは、わたしの涙も、嗚咽も、その喧騒の中に隠してくれる。

泣いていいよというように。

それからずっと、わたしは中国語を口にしていない。


「ひいおじいちゃんの遺品は、もう少しこのまま置いてもろうてえい」

あかりが言った。

「ここにおる間に、読みたい」

「いいわよ」

わたしはさりげなく続けた。由美子からは、あかりが長期休みで帰ってきたと思っている体《てい》でいてねと頼まれていた。

「いつまでいられるの」

「もう東京には戻らないつもりでいたんだけど」

あかりは、わたしと由美子の示し合いなど、とっくに察していたらしい。

「戻ることにする」

わたしは驚いてあかりを見上げた。

「わたしも気づかなかったの。上の先生、特にね、ひどい助教がいたんだけど、助教が叱るのは、あたりまえだと思ってたの。叱られた人がわるいんだろうって思ってたの。消えていく人たちは、自分とはちがう世界の人たちだと思ってたの。自分が同じことをされるまで」

あかりの言葉があふれだした。

「自分がされてみてね、気づいたの。そういえば、前にいた人が、いつも研究室の外で、ひとりでお弁当を食べてたなあって。おかしいよね。みんな、研究室の中で食べてたのに。それなのに、わたしは気にもとめなかったの。あの人はおかしいからとか、あの人はできない人だからとか、その助教が言うのを真に受けて、その人にも落ち度があるんだと思いこんでいた」

わたしは頷いた。

「いなくなったその人はね、別の大学で研究を続けてた。会って話を聞いたら、その人は全然わるくなかったの。助教がダブルスタンダードを作って、その人にだけ厳しい基準で接して、みんなの前で叱責してた。だから、それを真に受けていたわたしも、一緒にお弁当を食べなかったわたしも、加担してたの。知らなかったって言い逃れはできない」

なにがあったのかは訊かなかった。

「教授に訴えたらね、すぐに助教は自分のしたことを認めたの。でも、教授には、あなたはこんなところで終わる人じゃないって言われた。どういうことかわからなかった。わたしに期待してくれているのかなって思った。その後すぐ、ポストが空いて、その助教が准教授になったの。ええと、つまりね、出世したってことね、正規採用されたというか」

大学の中の序列がわからないわたしに、あかりは説明した。

「ショックだった。自分が思っているほど、この人がわるいって思われてないことを知ったの。それで、もう一度ね、教授に訴えたの。そしたらね、言われた。あなたの将来のためにもならないから、大ごとにするなって。脅迫だよね」

今度はわたしが息をのむ番だった。わたしでもその名を知っている大学の研究室で、そんなことが起きているとは。

「そんなこと言われたら、もう訴えるなんてできなかった。でも、その助教を見るだけで、同じ研究室にいるだけで、思いだしちゃって、気持ちがわるくなるの。もう研究なんて、続けられなかった。だから戻ってきたの。でも」

あかりは頷いた。

「わたし、やっぱり研究がすき。いい年してね、おばあちゃんにひ孫は見せてあげられないかもしれないけど」

「そんなの」

「戻って大学に訴える。訴える委員会があるの。別の研究室に行っちゃった人にも声を掛けてみる。だって」

あかりは顔を上げた。

「これでわたしが黙ってたら、きっと、また同じことがくりかえされる。同じ思いをする人が出てくる」

あかりは父の手記を書棚に戻しながら、わたしをふりかえった。

「おばあちゃんは、明治大の先生に証言するように頼まれたがやってね」

「知ってたの」

由美子には口止めしていたのに。

「お母さんが心配しゆう。おばあちゃん、断ったがやとねえ」

本土で風船爆弾の研究をすすめていた登戸研究所の跡地にキャンパスができたため、明治大学には登戸研究所の資料館があった。その資料館の企画で、風船爆弾製造に関わっていた女学生の証言会が開かれることになっていた。

「どういて断ったが」

「見たでしょう。この前行った大豊の七三一部隊の方の遺品。部隊に関わるものはなにもなかった。みんな処分して、ご家族を守ろうとされたのよ」

戦時中は戦争に協力しないと非国民とされ、戦後は戦争に関わったことで白い目で見られる。特に日本軍での非人道的な加害行為については、証言した個人への批判が大きかった。満洲で作られた風船爆弾も同じだ。

一生、口を開かなかった人たちは、どれだけいるのだろう。彼らが抱えつづけていた恐れの大きさに、怯まないではいられない。

「けんど、話さんといかんと思いゆうがやろ、おばあちゃんは」

わたしははっとあかりの顔を見上げた。

「断ってからずっと、元気がないって聞いたよ。食欲ものうなっちゅうもんね。おばあちゃんは、断ったがを後悔しゆうがやろ」

あかりはわたしに頷いた。

「お母さんも言いゆう。わたしらのことは気にせんで大丈夫。おばあちゃんの思うようにして。やって、おばあちゃんが話すがは、おばあちゃんのためやない。おばあちゃんしか知らんことを、知らん人に伝えるためながやき」

「よう気がついたねえ。あかりは」

「またそうやってごまかす気やろ」

あかりはわらった。

「今度はごまかされんで。食欲がないなるいうたら、ほんまにようないがやき」

そう言ったあかりの顔だって細くなっていた。

「あかりこそ、そんなにやせて」

「そうね」

あかりはわらった。

「人のことは言えんね」

わたしもわらった。

心配していたつもりが、心配されていた。

前もこんなことがあったと思いだす。

ああ、そうだ。

あかりは、雷が鳴ると、ずっとわたしのそばから離れなかった。保育園の行き帰りは、わたしの手を離さなかった。

雷が怖いんだろう、外を歩くのが不安なんだろうと思っていた。

でも、ある日、あかりは言った。

おばあちゃん、大丈夫やきね。

わたしの手をぎゅっと握って、小さな体でわたしを見上げて。

手を握ってくれていたのは、あかりだった。

あかりは、雷は怖いね、車は危ないねと教えたわたしの言葉を、わたしが雷や車を怖がっていると受け取り、ずっとわたしを守っていたつもりだったのだ。

わたしよりもずっとずっと小さな体で。

わたしはわらった。

あかりは変わっていない。

そして、わたしも、変わっていない。

斉藤さんの家で、おばさんがソ連兵に襲われた話を聞かされたとき、なぜわたしに言うんだろうと思った。斉藤さんとは、そんなに親しくもなかったから。

それでも、きっと、言わないではいられなかったんだろう。

みんな。

斉藤さんも、精神病を患うお嬢さんを殺した先生も、避難民の死体を運んだけんちゃんも、錦州の収容所で夫の服を着ていた奥さんも。

ひとりで抱えていて、だれにも言わなければ、なかったことになる。

だから、わたしに言ってくれたのだ。

ソ連兵に襲われたおばさんを、みんなに迷惑を掛けるからと殺されたお嬢さんを、飢えと寒さに亡くなってターチョで運ばれた人たちを、裸で窓から投げ捨てられた夫を、いなかったことにしてしまわないために。

七三一部隊にいた人だって、今際《いまわ》の際にうわごとで伝えた。その恐怖は、たとえあたりさわりのないものだったとしても、満洲であったことを遺してくれたおかげで、息子さんを介してわたしにまで伝えられた。なかったことにはならなかった。

だから、わたしは忘れない。

これまで聞いたことも、見てきたことも、みんな。

人は、びっくりするくらいあっという間に、あらゆることを忘れる。だから、わたしに託されたことを、わたしは忘れない。

わたしは、あかりに頷いた。


東京に戻ったあかりは、研究室に戻った。大学に設置されたばかりのアカデミックハラスメント委員会に、これまで助教の暴力的な行為で研究室を去った研究者たちとともに、今や准教授となった助教を訴えた。

わたしが上京したときには、空港まで迎えに来てくれた。明治大学で開かれた証言会にもつきそってくれた。

証言会には、同級生たちも誘った。三輪さんは三重から、じんちゃんは福岡から駆けつけてくれることになっていた。

先に逃げた三輪さんは、そのことを気に病んで、みんなに説得されるまで、何年も同窓会に来なかった。

じんちゃんは無事だった。捕らえられていたわけではなく、動員されていた通信気象部隊とともに、大連まで移動していただけだった。当時、天気予報は軍事機密だった。じんちゃんは、暗号で入ってくる気象予報を乱数表で解読しながら白地図に記入して空港に運んでいたと言い、そこは国策に沿っていたのねと言うと、ただおもしろかっただけよとすましていた。じんちゃんのお母さんは日満商事の寮の閉鎖とともに先に日本に帰っていた。入営していた上の兄もシベリアで抑留されたものの三年後に帰ってきて、予科練に入っていた下の兄も朝鮮半島を南下して帰国していたという。

同窓会では、きれいにうねった髪を昔と変わらず短く切ってさっそうと現れ、あまりに時勢に逆らうためにその身を案じていたわたしたちを、あっと驚かせてくれた。

髪を伸ばせと言われたら伸ばし、切れと言われたら切り、なにも考えていなかったわたし。自分の大切にしているものを貫いて生きたじんちゃん。

そのじんちゃんを、非国民だと責めたわたし。

じんちゃんは、わたしを見るなり、あなた、生きてたのと驚いた。ソ連の侵攻やら卡子《チャーズ》事件やらがあったから、長春にいた人はみんな死んだと思っていたとわらった。

満洲の資料の収集を始めたとき、九州で遺送便覧を持っている人を探してくれた。二冊のうちの一冊は、じんちゃんが譲りうけてきてくれたものだ。後で父の遺品からもう一冊がみつかったときは、二人で大笑いした。

風船爆弾について証言することを電話で相談したら、あなたが証言しないで、だれが証言するのよと、背中を押してくれた。

明治大学の先生がわたしの紹介をしてくれているのを聞きながら、わたしは袖幕から、客席をそっと覗いた。

正面の席に、波打つ真っ白な短髪がきらめいていた。

じんちゃんだった。

あかりと並んで、舞台をみつめていた。

何十年経っても終わらない。あのとき、無知だったわたしがしたことも、しなかったことも、なくなりはしない。だから。

わたしは忘れない。

そして、もう二度と、同じことがくりかえされないように。同じ思いをする人を、二度とこの世界に生まないように。

わたしが伝える。

わたしは拍手に包まれながら、まばゆく照らされた舞台に、足を踏みだした。

主要参考文献（著者敬称略）

愛媛県立川之江高等女学校三十三回生の会『風船爆弾を作った日々』鳥影社
岡田黎子『絵で語る子どもたちの太平洋戦争　毒ガス島・ヒロシマ・少国民』文芸社
川村湊『満洲鉄道まぼろし旅行』文藝春秋
高知新聞社編集局企画・編『秋《とき》のしずく　敗戦70年といま』高知新聞社
高知新聞社編集局社会部編『流転　その罪だれが償うか』高知新聞社
国分修『写真集　さらば新京』図書刊行会
崎山信義『もっと時を』崎山健三
三宮徳三郎編『高知県満州開拓史』高知県満州開拓史刊行会
清水泉編著『土佐紙業史』高知県和紙協同組合連合会
鈴木敏夫『関東軍風速0《ゼロ》作戦　対ソ気球空挺侵攻計画の全貌』光人社
田辺末隆編『万山十川開拓団史資料集』十和村教育委員会
谷方人『たうんまっぷ新京』新京第一中学校第一陣会
夏目漱石『夏目漱石全集7』所収「満韓ところどころ」筑摩書房
西土佐村満州分村史編纂委員会編『さいはてのいばら道　西土佐村満州開拓団の記録』西土佐村
日僑俘管理處監修・長春日僑善後連絡處校閲『遣送便覧』東北導報社長春分社

日本兵器工業会編『陸戦兵器総覧』 図書出版社
浜野健三郎編著『あゝ満洲』 秋元書房
林えいだい編著『写真記録　風船爆弾　乙女たちの青春』 あらき書店
松村高夫「731部隊による細菌戦と戦時・戦後医学」『三田学会雑誌』106巻1号、慶應義塾経済学会
吉野興一『風船爆弾　純国産兵器「ふ号」の記録』 朝日新聞社
『最新地番入新京市街地圖』 三重洋行
『明治大学平和教育登戸研究所資料館　館報』第1号~8号　明治大学平和教育登戸研究所資料館

そのほか、多数の文献を参考にいたしました。

執筆にあたり、たくさんの方々からご教示をいただきました。
心より感謝申し上げます。

初出　「小説現代」二〇二三年六月号

本書には、現代の観点からすると差別的と見られる表現がありますが、
作品の時代性を鑑み、そのままとしました。（編集部）

中脇初枝（なかわき・はつえ）

徳島県生まれ、高知県育ち。高校在学中に『魚のように』で坊っちゃん文学賞を受賞しデビュー。2013年『きみはいい子』で坪田譲治文学賞を受賞。2014年『わたしをみつけて』で山本周五郎賞候補、2016年『世界の果てのこどもたち』で第13回本屋大賞３位、吉川英治文学新人賞候補。ほかに、奄美沖永良部島を舞台にした『神に守られた島』『神の島のこどもたち』、島唄と風景を紹介する写真集に『神の島のうた』（写真　葛西亜理沙）。『こりゃまてまて』『あかいくま』『ちゃあちゃんのむかしばなし』『世界の女の子の昔話』など、絵本や昔話の再話も手掛ける。

伝言《でんごん》

第一刷発行　二〇二三年八月二十一日

著者　中脇初枝《なかわきはつえ》

発行者　髙橋明男

発行所　株式会社　講談社
〒112-8001　東京都文京区音羽二―一二―二一
電話　出版　〇三―五三九五―三五〇五
　　　販売　〇三―五三九五―五八一七
　　　業務　〇三―五三九五―三六一五

本文データ制作　講談社デジタル製作

印刷所　株式会社ＫＰＳプロダクツ

製本所　株式会社国宝社

定価はカバーに表示してあります。

落丁本・乱丁本は購入書店名を明記のうえ、小社業務宛にお送りください。送料小社負担にてお取り替えいたします。なお、この本についてのお問い合わせは、文芸第二出版部宛にお願いいたします。本書のコピー、スキャン、デジタル化等の無断複製は著作権法上での例外を除き禁じられています。本書を代行業者等の第三者に依頼してスキャンやデジタル化することはたとえ個人や家庭内の利用でも著作権法違反です。

©HATSUE NAKAWAKI 2023

Printed in Japan　ISBN978-4-06-532533-9
N.D.C. 913　310p　19cm